La leçon de narration

PIERRE ANDRÉ

La leçon de narration

200017

roman

LES **I**NTOUCHABLES

Axd

Les Éditions des Intouchables bénéficient du soutien financier de la SODEC, du PADIÉ et sont inscrites au Programme de subvention globale du Conseil des Arts du Canada.

LES ÉDITIONS DES INTOUCHABLES
4674, rue de Bordeaux
Montréal, Québec
H2H 2A1
Téléphone : (514) 529-8708
Télécopieur : (514) 529-7780
intouchables@yahoo.com

DISTRIBUTION :
Diffusion Socadis
350, boulevard Lebeau
Saint-Laurent, Québec
H4N 1W6
Téléphone : (514) 331-3300
Télécopieur : (514) 745-3282

Impression :
Infographie : Yolande Martel
Illustration :
Photo de 4e de couverture :
Maquette de couverture : Stéphanie Hauschild

Dépôt légal : 2000
Bibliothèque nationale du Québec
Bibliothèque nationale du Canada

ISBN 2-89549-007-4

À Lucette Hémond-Billy

"Go ahead mister Schmith!"

— Non, dit une voix d'homme, en fait, Patricia a couché avec son avocat le premier jour du procès. Quand Steve l'a appris, il s'est vengé en mettant le feu à la maison. Maintenant qu'il va mieux, et, depuis qu'il a obtenu le divorce, il poursuit l'avocat de Patricia.

— Tu as appris cela par Stéphanie, je suppose, lança la voix de femme.

— Où vas-tu chercher cela? demanda l'homme.

— Jessica m'a dit que tu avais couché avec elle que je sais au courant des histoires de Patricia, répondit la femme.

— Elle ment, dit le mari. Je…

— Non, l'interrompit sa femme, je sais que tu as couché avec elle qui avait couché avec l'avocat de Patricia et le médecin de Jessica. Elle a couché avec tout Los Angeles…

L'infirmière entra dans la chambre, tira le rideau autour du lit de Pat et posa son plateau de prélèvements sur la table amovible. Elle fit signe à Pat de lui tendre son bras. Elle passa un garrot autour de l'avant-bras et lui demanda de serrer le poing.

— Prenez une grande respiration, ça va piquer…

Comme elle enfonçait l'aiguille, Pat appuya avec fermeté sur le bouton de la télécommande pour éteindre la télévision.

— Ce n'est pas grave, ma douleur me vient toujours d'une femme.

L'infirmière lui sourit avec un air affecté d'exaspération, prit un morceau de coton hydrophile, le posa sur la pointe de l'aiguille qu'elle retira.

— Voilà, c'est pas plus que ça. Vous en avez une autre dans six heures.

Elle s'étira pour prendre une bande de ruban adhésif qu'elle mit sur le coton, puis elle ramassa son plateau, replaça le rideau et se dirigea vers la porte.

Pat la regarda sortir puis tourna ses yeux vers la fenêtre. Il faisait beau et chaud. D'immenses cumulus étaient chassés par un vent intense puis remplacés par d'autres. Des nimbus, des cumulus et Pat crut même reconnaître un stradivarius. Sur le toit d'un immeuble, il reconnut un revêtement d'asphalte, fixa les dômes des sorties d'aération et les vit bouger. « Des autos tamponneuses », se dit-il. Puis, après s'en être amusé, il se ressaisit et constata sa méprise. Il avait été dupé par le bruit qui montait de la baie, le vrombissement des embarcations à moteur qui se disputaient la première place dans la dernière course. Soudainement, on n'entendit plus rien.

Pat observa les nuages. Des formes humaines se dessinaient progressivement. Une tête apparaissait, puis des mains, des bras, des jambes; un corps se précisait. Un homme allongé, à moitié nu, portant la barbe, tendait le bras vers une vestale qui déployait sa main. Des personnages, musclés et barbus, sortis tout droit des peintures de Botticelli, du Caravage, du Titien défilaient devant ses yeux, sculptés par Dieu, pour lui, à même les nuages.

Pat se voyait appelé et saisissait le non-sens de sa vie entière. Les personnages se transformèrent en ceux de Jan Saudek. Pat pensa à *Deep Devotion of Ida*. Alors, de plantureuses poitrines tapissèrent le ciel, affichant des seins qui auraient englouti des buildings dans des rues où des passants auraient eu à courber l'échine sous le fardeau des mamelons. Puis des fesses et des vulves toutes grandes ouvertes, puis des phallus pointant vers le ciel, et les pauses changèrent et s'agitèrent au rythme du vent, dessinant d'extravagantes orgies. Pat, qui avait d'abord cru que Dieu lui parlait, cherchait intensément le sens du nouveau message. Il ne comprenait plus rien. Il ferma les yeux pour mieux se concentrer, mais en vain. Son cerveau fonctionnait au ralenti. Il ouvrit les yeux et ne vit que des nuages.

Il tendit le bras et appuya sur la sonnette. Au bout de quelques secondes, une infirmière entra dans la chambre.

— On ne doit pas être loin du délai de trois heures, madame, ma jambe me le dit.

— Je vérifie.

Pat la regarda sortir. Il l'imagina nue parmi les nuages puis se le reprocha. Sa jambe le faisait à nouveau souffrir. La veille, quand on l'avait monté au huitième étage, il avait demandé des analgésiques. L'infirmière avait contacté le médecin de l'urgence qui lui avait prescrit des empracets. Une heure plus tard, il se plaignait encore. L'infirmière avait rappelé le médecin et lui avait apporté un comprimé de démérol. Au bout d'une heure, la douleur persistait. Le médecin de l'urgence avait augmenté la dose et changé la posologie. Soixante-quinze milligrammes de démérol aux trois heures, voilà la recette pour atténuer la douleur de Pat.

— Vous aviez raison, dit l'infirmière en revenant, puis elle lui remit un gobelet contenant un comprimé et la moitié d'un autre et lui tendit un verre d'eau.

Pat déposa le verre d'eau et le gobelet sur la table amovible. L'infirmière lui dit :

— Il faut les prendre devant moi.

Pat ouvrit la bouche et lui montra le bonbon à la menthe qu'il suçait.

— Enlevez-le, ordonna-t-elle.

Pat parut agacé et prit le bonbon entre ses doigts. De

son autre main, il saisit le gobelet, mit les comprimés dans sa bouche et avala une gorgée d'eau. Il remit le bonbon dans sa bouche et rinça ses doigts dans son verre. L'infirmière le regardait toujours.

— En fait, c'est vous que ça me prendrait comme démérol !

Elle haussa les épaules, lui fit une moue de ministre des Affaires sociales et sortit.

Pat souriait béatement. « Elle est bien belle, la petite... Joli sourire et joli corps... C'est vrai que je coucherais avec une borne-fontaine... ces temps-ci... Je me répète... c'est le démérol... »

— Salut, comment ça va ? dit Sandrine en entrant dans la chambre.

— Tu ne t'appelles pas Fanny, toi ?

— Tu es gelé, mon cher.

Il prit le livre qui était à ses côtés et le lança à ses pieds.

— Je t'avais demandé de la lecture, pas de la littérature.

Sandrine s'approcha de lui et l'embrassa sur le front.

— Puis, ça va, mon beau ? lui demanda-t-elle.

— J'ai mal à la jambe, si tu savais. On la dirait prise dans un étau, très serré, c'est douloureux...

— Pauvre petit pitte ! Tiens, je t'ai apporté d'autres livres. Tu n'as pas aimé celui-là ?

— Si, je blaguais. Bien que ces histoires de couples m'épuisent.

— Tu sais, Pat, s'empressa-t-elle d'ajouter, j'ai vu l'auteur à la télé. C'est un beau bonhomme et intelligent en plus, mais très baveux. Tu sais ce qu'il a dit à l'animatrice ?

— Non ! répondit Pat impatiemment.

— Il lui a dit qu'il fantasmait sur elle depuis qu'elle animait cette émission sur la littérature des belles-sœurs à sa mère... pété, hen ?

— Ouin, je ne comprends pas très bien mais ce n'est

pas grave. J'ai hâte de sortir de cet hôpital. En fait, j'ai hâte de pouvoir me rendre à la salle de bain pour en fumer une.

— Les infirmières ne te font pas la vie trop dure ? s'informa-t-elle.

— Si tu savais ! Belles comme elles sont et moi qui ne peux pas bouger. Tu sais, je crois qu'à cause de leur grève, elles sont encore plus gentilles. Vraiment rien à leur reprocher.

Sandrine s'assit sur le bord du lit et passa la main sous la couverture. Elle entreprit de caresser Pat d'abord sur la cuisse, puis celui-ci ferma les yeux et appuya sa tête contre l'oreiller. Il revit les nuages, respira le parfum de Sandrine, se plongea dans ses caresses et s'y noya. Quand il revint à lui, Sandrine lui dit :

— Maintenant, il faut que je te raconte une histoire.

Pat lui fit signe du regard de procéder. Elle s'exécuta.

— C'est l'auteur dont je te parlais qui expliquait le titre de son roman. Quand Neil Amstrong, et ça va faire trente ans dans deux semaines, a mis le pied sur la lune, il a dit quoi ?

— Un petit pas pour l'homme et un pas de géant pour l'humanité.

— C'est ça, mais, à son retour, les journalistes lui ont demandé si c'était la Nasa qui lui avait demandé de dire cela.

— Et alors ?

— Il a dit oui, mais ce n'est pas vrai, c'est une histoire.

— Je sais, je sais, fit Pat impatiemment.

— On lui a alors demandé ce qu'il aurait dit en posant le pied sur la lune s'il y avait pu y aller spontanément et il a répondu : « *Go ahead mister Schmidt.* »

— Oui, je sais, dit Pat que Sandrine avec ses histoires exaspérait souvent même si elle demeurait inégalée pour les caresses, c'est en début de chapitre.

— Alors, les journalistes lui ont demandé pourquoi et tu sais ce qu'il a répondu ?

— Non, mais je crois que tu vas me le dire.

— Il a dit que quand il était enfant, il a entendu ma-dame Schmidt dire à son mari : « Avant que je mette cela dans ma bouche, l'homme marchera sur la lune. »

— Oui, le petit pas, un pied sur la lune et une révolu-tion féministe plus tard, c'est bien… Tu es mon infirmière préférée. C'est sincère. Oh, j'allais oublier, il faut que j'échappe mes lunettes par terre, dit-il en les laissant tomber.

Surprise, Sandrine se pencha pour les ramasser et les lui remettre.

— Tu es chanceux, elles ne sont pas brisées. On te donne trop de démérol.

— Non. D'abord, elles sont en plastique. Ensuite, j'ai reçu un télégramme d'un chapitre plus avancé du roman.

— Tu hallucines ! dit-elle.

— Tu verras.

Un accroc dans le chapitre

Sandrine posa son sac, regarda sa montre, alluma une cigarette et commanda une bière. Vanessa était en retard. Vanessa n'arrivait jamais à l'heure à un rendez-vous. Selon Sandrine, elle le faisait exprès en ce sens que c'était la seule façon qu'elle avait trouvée pour se culpabiliser dans sa relation avec elle car, toujours selon Sandrine, Vanessa devait toujours se sentir coupable de quelque chose à l'égard de ses amies.

Vanessa entra et vint directement à la table de Sandrine.

— Excuse-moi, je suis en retard. J'étais prise avec un con sur le tchatte. Un type qui s'appelait « crack » ou « pot » ou les deux… Dire que mon prof de roman donne des leçons de narration basées sur les dialogues en direct.

— Tu passes plus de temps dans le virtuel que dans le réel, tu ne trouves pas ?

— Qu'est-ce qui se passe ? fit Vanessa.

— Pat est à l'hôpital.

— Qu'est-ce qu'il fait là ?

— Il se fait soigner.

— Je t'ai toujours dit qu'il était fou !

— Rassure-toi, il n'est pas là pour se faire traiter entre les deux oreilles.

Sandrine ouvrit son sac et en sortit un livre et des feuilles de notes.

— Tiens, lança-t-elle à son amie, c'est le livre dont je t'ai parlé et voilà les notes du dernier cours.

Vanessa regarda le livre puis les notes.

— La linguistique me fait suer! dit-elle.

— Tiens, en temps normal, tu dis «chier»! Deviendrais-tu plus littéraire, subitement?

— Je t'en prie, ne me parle pas de littérature. Tu sais ce qu'il m'a dit?

— Qui? demanda Sandrine.

— Mon petit prof de roman. Il a dit qu'il ne sortait jamais avec ses étudiantes mais qu'à la prochaine session, il serait intéressé. Quel culot!

— Bien quoi, tu peux patienter deux mois, non?

— Tu ne vois pas l'anguille. Je suis sûre qu'il sort avec la blonde un peu tarte qui était dans son cours à la dernière session. Je les ai vus ensemble.

— Tu veux dire la Sola je ne sais plus qui?

— Je lui arracherais les cheveux, je lui crèverais les yeux, dit Vanessa à la blague.

— Je ne sais pas pourquoi les hommes se traînent par terre pour la grosseur d'un sein, fit Sandrine, désolée.

— J'ignore quelle idée m'a prise pour que je décide d'étudier en littérature.

— C'est parce que tu aimes le bavardage.

— C'est toi qui me dis ça! s'étonna Vanessa. Est-ce que tu as prévu quelque chose pour la traversée de l'an 2000?

— Vanessa, c'est dans six mois!

— Je sais... Mais, moi, les sessions d'été, ça m'épuise.

— Tu te rends compte de ce que tu viens de dire?

— Non, pourquoi?

— Tu es en train de racheter la narration. L'auteur a décidé soudainement de faire de nous des étudiantes de cégep, mais son histoire commence à l'été. Alors, comment justifier tout cela sans te faire parler de session d'été? Il se sert de toi.

— On se calme, dit Vanessa. Je sais que nous sommes les personnages d'une farce beaucoup plus grosse que nous. Mais qu'est-ce que tu proposes? Qu'on en pleure?

— J'ai été gentille avec Pat, tantôt. Il m'a dit que j'étais son infirmière préférée. Il me fait rire. Il n'est jamais sérieux.

— Tu connais quelqu'un de sérieux, en littérature, toi?

— Vanessa, la littérature québécoise est bondée de fonctionnaires de l'écriture. C'est sérieux... bien qu'elle ne se fasse pas toujours avec une cravate au cou. Ne me dis pas cela.

— Oui, d'après mon petit prof, des fonctionnaires et des eunuques, ça fait vraiment dur, mais, lui, il peut bien parler, il n'est même pas foutu de sortir avec une de ses étudiantes.

— Oui, mais Sola était là avant, elle a au moins une session d'avance sur toi!

— Cette connasse! Ne m'en parle pas. Ce sont ces cours privés. Papa a les moyens.

— Ça va, ne te fâche pas. Tu crois que les hommes peuvent imaginer ce que nous vivons?

Le serveur vint à leur table et posa deux bières devant elles.

— C'est quoi, ça? dit Vanessa. On n'a rien commandé.

— Je crois que l'auteur préférait ne pas interrompre votre conversation, alors il m'a demandé. Évidemment, il les a mis sur son compte.

— C'est bien la moindre des choses, lança Sandrine. C'est tout de même nous qui lui permettons de nous l'offrir.

— Je sais, répondit le serveur, mais je crois que certains auteurs ont une relation plus incestueuse avec leur personnage. Certains vont jusqu'à...

— Qu'est-ce que tu veux dire? demanda Vanessa.

— Laisse, répliqua son amie, il semble en savoir plus que nous!

— Ce n'est pas la question, fit le serveur, mais j'ai eu un cours... Mes amis m'appellent Jacques le fataliste, alors...

— Je comprends, dit Sandrine.

Le serveur ramassa le cendrier et la bouteille vide et retourna à son comptoir.

— Qu'est-ce que tu as compris? demanda Vanessa.

— Rien, on en reparlera. Tu sais que Pat prépare une thèse sur le roman postmoderne?

— Ah oui? s'exclama Vanessa en feignant la surprise. Tu crois que les hommes peuvent imaginer ce que nous vivons?

— Tu sais, Pat ne me dit pas tout. Je me demande parfois s'il ment simplement par omission.

— Tu n'as pas confiance en lui?

— Je sais que tu as eu une relation avec lui.

— Par faiblesse... Il m'avait promis de ne jamais t'en parler, dit Vanessa en retenant ses pleurs.

— Il ne me l'a jamais dit, avoua Sandrine en posant la main sur celle de son amie.

Vanessa éclata en sanglots, regarda Sandrine en cherchant son pardon et se dirigea vers la salle de bain.

Sandrine fulminait contre Pat. Il aurait pu le lui dire, s'il l'aimait vraiment. Son amie resterait son amie mais Pat aurait des comptes à rendre. «Comment un homme, qui prétend aimer une femme, l'aime avec respect quand il lui cache qu'il a couché avec sa meilleure amie?» se demandait Sandrine, furieuse.

«Question kunderienne, s'il en est», finit-elle par se dire, et elle pensa à son amie. Connaissant Pat, elle savait que la responsabilité de cet accroc dans le chapitre lui revenait.

« Le monde est mieux Mireille Mathieux ! »

— Jamais, je n'aurais cru me retrouver dans ton lit ! dit Vanessa.

— Tu sais qu'au Québec, les intellectuels n'aiment pas qu'on mette des scènes de sexe dans les romans qui se prétendent littéraires.

— Et alors ? demanda-t-elle à son professeur de roman.

— Alors, on serait mieux de faire semblant d'être ailleurs pour ne pas mettre l'auteur dans l'embarras.

— Je ne comprends pas ce que tu racontes.

— Ce n'est pas grave, lui répondit-il en lui embrassant le sein.

Vanessa mit la main sur sa tête, glissa ses doigts dans ses cheveux et demanda :

— Ce n'est pas la même chose pour toi et ton histoire de ne pas coucher avec tes étudiantes quand elles ont un cours avec toi ?

— Pas tout à fait mais… peut-être…, fit Max en se levant. Une autre bouteille ?

Il sortit de la chambre et revint au bout de quelques minutes avec le vin.

Après le cours, Vanessa était allée le voir et lui avait demandé un entretien. Une fois les autres étudiants sortis, Vanessa avait voulu savoir quelles raisons justifiaient ce choix de ne jamais coucher avec une de ses étudiantes quand elle avait un cours avec lui et pourquoi, dans ce cas, il lui avait fait la cour au *Tourist Club*. «C'est que je ne voudrais pas qu'on l'accuse d'avoir acheter ses notes avec son cul», lui avait-il répondu.

Il avait observé sa réaction. Vanessa l'avait regardé dans les yeux, lui avait fait un sourire en coin et, haussant les épaules, avait laissé échapper un soupir ironique. Elle venait de le convaincre qu'elle était à l'abri des médisances les plus éculées. Il avait décidé de l'inviter à souper et, sans regarder son agenda, elle avait accepté.

Les relations homme-femme sont d'autant plus étranges qu'elles proviennent d'un construit basé sur le laisser-aller. La civilisation s'est édifiée sur le reniement de cette désinvolture. Il n'est donc pas étonnant que la planète soit de moins en moins habitable.

— Où est-il rendu? demanda Max en versant du vin dans le verre de Vanessa.

— Tu t'appelles vraiment Max?

— Je ne sais pas, c'est ce qu'il semble avoir décidé. Nous vivons en démocratie, semble-t-il, mais nous ne sommes jamais consultés. Max ou un autre...

— Bien, il l'a dit au moment où tu me caressais les seins. Si nous vivons en démocratie, alors, tu devrais être consulté, il me semble. En passant, c'était bon!

— Démocratie ou pas, s'il l'a dit au moment où je te caressais les seins, je dois l'accepter. Que cela me plaise ou non. Je t'embrasse les seins cinquante cinquante et je descends plus bas pour trouver ta majorité.

Vanessa vota pour sa proposition et le sentit à nouveau aller ici et là sur elle. Comme dans les romans à l'eau de rose, publiés dans certaines maisons d'édition de la rue Saint-Denis, elle ferma les yeux et s'abandonna à lui. Elle n'en revenait pas et avait le goût de pleurer en réalisant qu'elle dormirait dans son lit. Max frappa son verre contre le sien.

— Tu sais, ce n'est pas en étant plaisant qu'on suscite l'admiration, lui dit-il en l'embrassant sur la bouche.

— Mais, toi, tu me plais et je t'admire.

— Verse-moi du vin, ma chouette.

— Tiens, c'est nouveau, cela, lança Vanessa en prenant la bouteille pour remplir les verres. Nous aurions dû prendre des coupes à vin, non?

— Nous prendrons des coupes à vin quand le roman sera lancé à la Bibliothèque nationale... Mais l'auteur refuse d'être membre de l'Union des écrivains.

— Ce n'est pas une façon de se mettre tout le monde à dos? demanda-t-elle.

— Peut-être, dit Max, mais aussi vrai que je m'appelle Max, c'est son sport favori.

— Et toi, ton sport favori, c'est quoi?

Ils burent encore du vin, discutèrent longuement et, comme l'auteur écrivait ce chapitre par une froide nuit de décembre et qu'il était temps qu'il aille dormir, ils s'enivrèrent de vin, de cajoleries et de profondes discussions.

— C'est la logique, dit Max.

— Ah oui! Et il semble bien que tu vas t'appeler Max, dorénavant, ajouta Vanessa.

— Il semble qu'il en a été décidé ainsi. Mais, tu sais, à chaque roman, il entreprend une thérapie. Il essaie de définir sa logique à la lumière de ses illogismes. Et il est comme ça dans ses relations avec les femmes. Les plus coriaces ne peuvent résister à la tentation de se frotter à lui et les plus coriaces des coriaces vont jusqu'à se frotter contre lui.

— C'est un univers curieux.

— C'est une nouvelle forme d'autobiographie. C'est bien pour un changement de siècle. Un siècle poussiéreux...

— Je n'y avais pas pensé, dit Vanessa en fermant les yeux. Je crois que je suis saoule...

— C'est bien, c'est mieux… le monde est mieux Mireille Mathieux, fit Max.

— Non, répondit Vanessa en hoquetant, le monde est rond Céline Dion…

Tu as confiance, maintenant ?

Au matin, Max se leva le premier. Dans l'embrasure de la porte de la chambre, il s'appuya contre le cadre et admira le visage heureux de Vanessa, serti dans ses cheveux défaits. Il resta là à respirer le parfum acidulé des viornes en fleurs qui ceinturaient la cour. « Le monde pourrait bien s'arrêter là, se disait-il, la vie n'en serait que plus accomplie. »

Quand l'arôme du café eut empli la pièce, Vanessa se réveilla. Elle n'en revenait pas encore. Des draps s'échappait le parfum de son professeur, cette odeur discrète de gel à raser, moins criarde qu'il y a vingt ans mais tout aussi pénétrante, qui plaisait aux nouvelles étudiantes, et que la dénonciation machiste avait imposé aux grandes entreprises comme Gillette. Des mousses à raser enrichies de vitamine E.

Vanessa se leva, enfila sa petite culotte et son long t-shirt et se rendit dans la cuisine. Là, elle s'étira longuement. Sur la pointe des pieds, les bras largement ouverts, le t-shirt relevé, elle se laissa pénétrer par la brise matinale. Max, qui lui faisait dos, s'affairait à verser le café. Sur la table traînaient quelques livres ; un cendrier était posé sur un vieil exemplaire de *Mimésis* d'Auerbach à côté duquel une bouteille vide semblait veiller sur le léger soutien-gorge de Vanessa.

— Je te l'aurais apporté au lit, dit Max en apercevant Vanessa.

— Je n'ai plus envie d'être couchée, répondit-elle. Tu sais, tu es le meilleur prof de littérature que je n'ai jamais eu, ajouta-t-elle en s'asseyant.

— Tu dis ça parce que tu as couché avec moi ?

— Non, parce que tu es celui qui baise le mieux.

— Petite garce, tu as couché avec tous les profs du département, lança-t-il en souriant et en posant les tasses sur la table.

— Tu es fou, fit Vanessa en posant la main sur la sienne.

Max se mit à rire en imaginant Vanessa avec certains de ses collègues et, voyant son regard interrogateur, dit :

— Comme tout le monde a horreur des répétitions, je te demanderai de relire deux lignes plus haut.

— Tu me vois coucher avec le gros Larotte ?

— Écoute, Vanessa, je peux coucher avec toutes les étudiantes qui m'intéressent, mais je ne peux parler contre mes collègues. Nous sommes syndiqués, tu comprends…

— Oui, mais, lui, on ne se demande pas comment il a fait pour avoir le job, mais comment il a pu obtenir ses diplômes.

— Écoute, reprit Max avec une note d'impatience dans la voix, ici, l'entrevue pour l'embauche reposait sur la loyauté envers ses collègues et pas sur la pédagogie. Le diplôme dans le domaine concerné suffisait si la loyauté y était.

— C'est incroyable, s'étonna Vanessa.

En fait, même si la solidarité professionnelle interdisait à Max de dire à son étudiante qu'il s'agissait de la forme la plus larvée de laxisme, il n'en pensait pas moins. Mais il ne le dirait pas, même s'il avait plus confiance en Vanessa qu'en aucune autre étudiante.

— Aussi bien dire que nous tenons là l'origine du laxisme de tout notre système d'éducation, ajouta-t-elle.

— On dirait que le narrateur te souffle les réponses.

— Tu sais, hier, nous avons parlé de roman et de démocratie…

— On n'arrive plus à en voir ailleurs, l'interrompit Max.

— Je crois que le fait que l'auteur nous donne accès au texte à mesure qu'il s'écrit est une forme de démocratie…

— Je te verse un autre café ? demanda Max en se levant.

— Oui, acquiesça Vanessa. Tu n'as pas confiance en moi ?

— Si, dit Max avec empressement, mais je n'ai pas envie de parler de mes collègues. Je sais qu'il y a un certain nombre de cancres qui le sont pour des raisons différentes mais qui le demeureront toujours. C'est charité publique de les garder.

— Charité publique ! s'exclama Vanessa. Max, se faire dire par une prof que cette semaine le cours sera plus complet parce qu'elle a eu le temps de regarder ses notes, c'est inacceptable. C'est nous qui faisons les frais de la charité des *baby-boomers*.

— Tu parles de Télépitchounette, la prof de cinéma, fit Max.

— Vous l'appelez comme ça ! s'étonna Vanessa en riant aux éclats.

Max la tira à lui. Elle se leva et vint s'asseoir sur lui. Il passa un bras autour de sa taille et la bécota dans le cou.

L'homme aime que la femme accepte de s'asseoir sur ses genoux. Il interprète ce rituel amoureux comme une marque d'extrême confiance. En s'asseyant sur Max, Vanessa lui signifiait qu'elle ne craignait pas qu'il la prenne sans son consentement. Car, la première chose qu'une femme craint d'un homme, c'est qu'il la prenne sans son consentement. Et, bien sûr, un homme qui prend une femme sans son consentement ne peut être qu'un éjaculateur précoce d'une grande rusticité.

— Non, mais qu'est-ce qu'il raconte ? dit Max en posant sa main sur la cuisse de Vanessa. C'est Roch et moi qui l'appelons ainsi. J'ignore sur quelle base elle a été embauchée, tant elle est nulle. C'est ce genre de défectuosité du système qui rejaillit sur toute l'institution. En plus, ils maternalisent depuis quinze ans l'enseignement collégial. Ils ont aboli la septième du primaire pour recevoir un an plus tôt les étudiants de cégep parce qu'ils les imaginent encore dociles ou, du moins, plus malléables, pour ne pas dire manipulables. Vanessa, poursuivit Max pendant qu'elle le tirait par le bras vers le lit, il n'y a rien de plus frileux qu'un professeur en général, alors imagine la peur qui habite les incompétents qui se savent tels et la bêtise qui revêt ceux qui s'ignorent.

Quand Max prononça le mot « défectuosité », il se frottait à Vanessa. Au mot « institution », il s'étendit sur elle et l'érection le gagna. Au mot « maternalisent », son pénis allait contre elle. Au mot « manipulables », il se glissa en elle et, aux mots « s'ignore », s'enfonça en elle en la regardant dans les yeux et dit :

— Tu as confiance, maintenant ?

— Tu crois que le lecteur s'est aperçu de la supercherie ? demanda Vanessa en souriant et en le fixant dans les yeux.

Les hommes refusent toujours de discuter

Vers le milieu de l'après-midi, Vanessa rentra chez elle et appela aussitôt Sandrine.

— Tu viens prendre un café? demanda-t-elle à son amie.

— Tout de suite? s'étonna Sandrine. Où as-tu passé la nuit?

— Je vais tout te raconter au café, dit Vanessa, excitée.

— Tu es prête? demanda Sandrine.

— Oui, d'ici une demi-heure, une heure… Je dois prendre une douche et…

— C'est bon, l'interrompit Sandrine, à tantôt et fais ça vite, j'ai hâte de savoir.

Sandrine raccrocha, puis téléphona à l'hôpital. Vanessa plongea sous la douche. En d'autres temps, elle ne se serait pas douchée immédiatement; elle aurait le plus longuement possible profité de l'odeur de son amant. Aujourd'hui, il avait été convenu qu'ils se reverraient dans la soirée.

— Pat, dit Sandrine, je vais passer te voir en fin d'après-midi. Je vais prendre un café avec Vanessa. Tu as besoin d'autre chose?

— Apporte-moi des cigarettes, le médecin vient de me donner la permission de fumer, de me lever. Fais le plus vite possible, je t'en prie.

— Oui, répondit-elle. À plus tard. Je t'embrasse.

Vanessa sortit de la douche, s'essuya, détacha ses cheveux Accent Rouge 6RR de Miss Clairol qui imitait presque à la perfection la couleur des cheveux teints au henné. Sandrine éteignit son ordinateur, rangea ses livres sur le bureau, prit son sac et sortit. Vanessa enfila un jean et un t-shirt, prit son sac à dos et sortit à son tour.

Au café, elles arrivèrent toutes les deux bien en avance. Quand Sandrine entra, Vanessa était déjà assise à une table. Elle alla directement la rejoindre. Le garçon posait le café de Vanessa sur la table quand Sandrine s'assit et demanda un espresso allongé en ne quittant pas son amie des yeux. Elle voulait savoir si elle était amoureuse.

Quand le garçon se fut retiré, elle lança :

— Tu es amoureuse !

— Ah oui, dit Vanessa.

— Oui, ça se voit dans ton regard et dans ton sourire, dans ta façon de te tenir sur ta chaise, alors raconte, qui c'est ? Ta façon d'être, aussi, et puis, c'est la première fois que tu arrives avant moi à un rendez-vous.

— L'attente est plus facile à vivre quand on se sait attendu ailleurs.

— Tu as rendez-vous avec lui, tantôt ? demanda Sandrine. Vite, dis-moi qui c'est ?

— Hier, commença Vanessa, je l'ai acculé au pied du mur. J'ai attendu que tous les étudiants soient sortis et je l'ai attaqué. Il m'a dit — tiens-toi bien —, qu'il refusait de coucher avec une étudiante inscrite à son cours pour éviter qu'on l'accuse d'avoir obtenu ses notes avec son cul... Après, nous sommes allés prendre un verre et il m'a invitée à souper chez lui. Le reste, je te laisse l'imaginer. D'ailleurs, depuis que Boréal lui a conseillé de se lancer dans la littérature érotique, l'auteur ne met plus en scène ses personnages lors de leurs oaristys. Il préfère leur faire raconter par la suite. Il prétend que les curés se sont recyclés...

Le garçon posa le café de Sandrine sur la table et repartit.

— Ton petit prof de roman, dit Sandrine. Raconte, vite.

— Il fait très bien l'amour si c'est ce que tu veux savoir. Je crois que je suis amoureuse. En plus, j'ignore s'il y a un lien avec son enseignement du français, ajouta-t-elle avec un sourire éloquent, mais il se sert très bien de sa langue.

— Aussi bien que Pat ? demanda Sandrine.

— Sandrine, on ne va pas recommencer, fit Vanessa avec une note d'exaspération dans la voix. Tu en as parlé à Pat ?

— Oui, répondit Sandrine, songeuse.

Vanessa attendait tout en préparant son café. Elle versait le lait et fixait son amie. Sandrine, penchée sur sa tasse, remuait distraitement son café en tenant la cuillère du bout des doigts et semblait ruminer ses mots. Devant le malaise de son amie, Vanessa devenait de plus en plus anxieuse. « Que lui a dit Pat ? » se demandait-elle en portant la tasse à ses lèvres.

— Il m'a répété ce que tu m'avais dit, lâcha Sandrine. On s'est rencontrés le jeudi, on a couché ensemble et je partais pour Québec le lendemain. Il t'a rencontrée le samedi et il a couché avec toi. Lui ne savait pas que nous étions des amies mais, toi, tu le savais. Je t'en avais parlé le lendemain.

— Mais tu ne m'as jamais dit que tu étais amoureuse de lui comme moi je viens de le faire, dit Vanessa. Tu sais bien que si j'avais su que c'était sérieux, je me serais abstenue, genre… Tu m'avais dit que tu avais passé la nuit avec lui, c'est tout.

— Je ne pouvais pas te dire ce que je ne savais pas encore. Ce n'est pas le coup de foudre avec Pat, mais c'est très bien ainsi.

— Et il en levait une le jeudi et une autre le samedi, ton Pat ? demanda Vanessa.

— Non, répondit Sandrine, c'est arrivé par hasard. Il est allé avec toi parce qu'il regrettait de n'être pas entré plus à fond dans le jeu avec moi. Et, comme il m'a dit, il est allé avec toi pour me retrouver en mon amie.

— Baratin ! lança Vanessa. Tu as dit le contraire tantôt.

— Il nous avait vues quelquefois ensemble, alors il en avait déduit… Mais, toi, tu savais puisque tu lui as demandé de ne pas m'en parler, trancha Sandrine.

— Je n'ai jamais dit cela, se défendit Vanessa.

— Tu m'as demandé, dans un chapitre précédent, le deuxième, il me semble, s'il m'en avait parlé. Ce n'est pas toi un des personnages qui a accès au texte à mesure qu'il s'écrit?

— Oui, mais après que vous vous soyez mis ensemble, pas avant quand même! dit Vanessa avec étonnement.

— Ce n'est pas ce que Pat m'a dit, répliqua Sandrine.

— Et qu'est-ce qu'il t'a dit?

— Je ne me souviens pas de ses paroles exactes et, tu sais, à l'hôpital, il n'est pas seul dans sa chambre, il faut murmurer, et, en plus, on lui donne du démérol.

— J'aimerais bien savoir ce qu'il t'a dit, insista Vanessa, déçue. Il me semble qu'un auteur qui se respecte aurait assumé ses responsabilités, et ce chapitre vous aurait mis en scène, Pat et toi, vous expliquant. Ainsi, nous aurions eu le procès-verbal de vos discussions. J'ignore ce qui lui a fait opter pour nous.

— C'est assez simple, lui dit Sandrine, les hommes refusent toujours de discuter.

C'est encore à cause d'une femme !

— Écoute, je ne pourrai pas rester longtemps.

Sandrine avait dit cela en entrant dans la chambre, puis elle s'était rendue au chevet de Pat et l'avait embrassé. C'était une femme d'action.

— J'ai rendez-vous avec Vanessa, elle est en amour, ajouta-t-elle comme pour s'excuser.

Le voisin de chambre de Pat se mit à tousser et à râler. Sa quinte dura une bonne minute durant laquelle Sandrine regarda Pat avec un air interrogateur.

— Je croyais que tu arrivais justement de ce rendez-vous, fit Pat.

— Oui, mais tu sais comment c'est quand on est en amour, répondit Sandrine en lui caressant le front. Elle a rendez-vous avec lui plus tard alors, en attendant, elle a besoin d'en parler et…

— Tu sais, dit Pat en se tirant du lit, si j'avais su, pour nous deux, que ce serait sérieux, jamais je n'aurais…

— Laisse, l'interrompit Sandrine, pour moi c'est une histoire classée. Tu ne pouvais pas savoir… J'essaie plutôt de chasser de mon esprit l'idée que Vanessa savait… J'ai beau me dire qu'il ne faut pas mettre entre les deux oreilles ce qui se passe entre les deux jambes…

— Vanessa en amour ! s'exclama Pat. Et qui est… ?

— Tu lui demanderas toi-même, elle doit venir me retrouver ici.

Une infirmière entra dans la chambre et se dirigea vers Pat. Elle salua discrètement Sandrine au passage.

— Je vais d'abord prendre votre pression et votre température, et ensuite une prise de sang, dit-elle.

Pat se rassit dans son lit et tendit le bras gauche. L'infirmière passa le garot gonflable autour de son bras, et lui mit le thermomètre sous la langue. Le garot se gonfla et le tableau indicateur marqua cent vingt-deux. La température passa lentement de trente-trois à trente-sept virgule cinq degrés.

— Vous faites un peu de fièvre mais ce n'est pas grave, déclara l'infirmière.

— C'est à cause d'elle, répondit Pat en montrant Sandrine.

— Oui, je sais, fit l'infirmière en s'apprêtant à le piquer, avec vous, c'est toujours à cause d'une femme. Attention, ça va piquer.

— Elle te connaît aussi bien que moi, lança Sandrine.

— C'est normal, répliqua Pat. Vous disséquez notre réalité à la minute où nous tombons sur votre dépendance, qu'elle soit affective ou médicale.

— Qu'il est con ! s'exclama Sandrine.

— Il a peut-être un peu raison, admit l'infirmière en retirant l'aiguille du bras de Pat. Nous voulons tellement qu'ils soient heureux après les avoir mis au monde. Ici, plusieurs viennent pour s'en retirer.

Le silence se fit dans la chambre. L'infirmière sortit. Pat indiqua son voisin d'un signe de tête à Sandrine.

— Ah oui ! dit-elle à voix basse.

— Oui, murmura-t-il, il n'en a pas pour longtemps. Il espère voir le prochain millénaire mais l'infirmière ne lui donne même pas la fin du mois. Cancer des poumons, ajouta-t-il en baissant encore la voix.

Tous deux se turent. Le voisin se remit à tousser sévèrement et, au moment où l'on aurait pu croire qu'il rendait l'âme, sa toux se calma. Maintenant, il respirait lentement et un léger sifflement s'échappait de sa poitrine. Sandrine étira la tête au-delà du rideau.

— On dirait qu'il dort comme un enfant.

— Ne dis pas cela, objecta Pat. Il dormira plus tôt qu'on ne le pense. Ici, c'est l'antichambre de la mort et le lieu privilégié de la négation de la douleur. On lui donne de la morphine.

— Comme il est profond, ce Pat ! dit Vanessa en entrant dans la chambre.

— Tu as entendu ? lui demanda-t-il. Je murmurais, il me semble.

— Je n'ai rien entendu, répondit-elle, mais je sais lire et je suis un personnage privilégié.

— On est toujours privilégié quand on est en amour, fit remarquer Pat. Tu as mes cigarettes ? demanda-t-il à Sandrine à voix basse.

Celle-ci attrapa son sac et en retira un paquet rouge qu'elle lui tendit. Pat prit une cigarette et des allumettes, rangea le paquet dans le tiroir de la commode et se dirigea en claudiquant vers la salle de bain.

Là, il verrouilla la porte et, un sourire narquois aux lèvres, alluma sa cigarette. Après trois jours, cette première inhalation l'étourdit et il dut s'asseoir par terre. En plus, sa jambe engourdie le lui commandait. Assis entre la porte et la cuvette qui lui servait de cendrier, il fixait le ventilateur et les volutes de fumée. « Faudra éliminer toute odeur de cigarette », se dit-il.

Sandrine s'était assise sur le lit et Vanessa, dans une espèce de fauteuil de fortune recouvert d'une matière plastique d'un bleu qu'on ne retrouverait pas dans la nature ni à l'Assemblée nationale. Le fauteuil, tourné vers la sortie, occupait un coin de la chambre comme s'il avait été dans ses derniers retranchements. Les infirmières étaient en grève et défiaient une loi spéciale. La transgression leur donnait un charme qu'aucun fauteuil de premier ministre n'aurait fait amender.

— Tu sais, dit Vanessa, ce chapitre est complètement inutile. Il ne sert qu'à permettre à Pat de fumer sa cigarette. L'auteur a encore manqué à ses responsabilités. Après, il osera écrire que c'est encore à cause d'une femme.

« De la lasagne à trois et...
la Constitution de l'an I »

— Pour Auerbach, expliqua Max, le réalisme moderne est caractérisé par le contournement de la frontière qui a toujours séparé le sublime du vulgaire.

— Nous avons droit à un cours privé, lança Vanessa à Sandrine.

— Oui, répondit Max. Tu étudies aussi en littérature ? demanda-t-il à Sandrine.

— Oui, mais je n'ai pas eu de cours avec vous, avec toi, fit Sandrine.

— Tu vois, tu viens de passer du sublime au vulgaire en quelques secondes alors que la littérature a mis deux millénaires à transgresser cette barrière pour parvenir au réalisme moderne. Je préfère la vulgarité, c'est plus prêt du monde actuel, dit-il en s'allumant une cigarette.

— Et il y a toujours quelque chose de sublime derrière le vulgaire, ajouta Vanessa.

— Oui. Les théories sont des outils d'appréhension du réel. En littérature, elles succèdent les œuvres, jamais elles ne pourraient les précéder comme plusieurs de mes collègues le croient très injustement car, ils ne le font que pour se donner une importance que les œuvres qu'ils n'écriront pas ne leur accorderont jamais.

— Aucun rapport ! s'exclamèrent simultanément Vanessa et Sandrine en s'interrogeant du regard.

— Je sais mais il tenait à le dire, précisa Max en levant les bras vers le ciel.

Le garçon arriva avec trois bières qu'ils n'avaient pas demandées. Devant leur regard étonné, il leur dit :

— C'est de la part du type qui est...

Il s'interrompit et reprit :

— Il était là, il y a à peine une minute. Il a dit qu'il vous connaissait.

— On le connaît mieux que lui peut nous connaître, lança Max.

— C'est pour cela qu'il nous cherche, ajouta Vanessa.

— De qui parlez-vous ? demanda Sandrine en fixant la bière qu'on venait de lui offrir.

Vanessa et Max se regardèrent en silence. Vanessa prit la bouteille et versa la bière dans son verre.

— Avec des phrases complètes comme celle qui vient de s'écrire, il pourrait certainement être publié par Gallimard, dit Max.

— C'est un de vos amis ? demanda Sandrine. Le même qui nous a offert une bière au chapitre deux et qui a disparu avant que le serveur nous l'apporte ?

— Un ami, c'est vite dit, précisa Vanessa. Notre relation est plutôt d'ordre professionnel.

— C'est ton patron ?

— En quelque sorte, répondit Vanessa.

— Un patron extradiégétique, ajouta Max.

— Ah bon ! fit Sandrine, impuissante.

— Max l'aborde dans son cours de roman, tu verras, déclara Vanessa.

— Si elle fait le cours avec moi, lança Max. Je suis le seul à parler de Genette.

Le garçon leur apporta trois autres bières :

— C'est le même type que tantôt. Il est repassé, il vous en offre une autre et m'a chargé de vous dire qu'il retournait à sa session d'écriture. Un drôle d'oiseau, conclut-il.

— J'ai l'impression qu'il nous offre une bière chaque fois qu'il ne sait plus ce que nous devons dire, affirma Max.

— Ou quand il ne veut pas nous interrompre, ajouta Sandrine qui gardait à l'esprit le chapitre deux.

— Je me demande quand même où il veut en venir, dit Vanessa.

— Nous le saurons bien assez vite, répliqua Max.

— J'ai une bonne lasagne au frigo, lança Sandrine. Ça vous dirait de venir souper à l'apparte ?

Max et Vanessa se regardèrent un long moment.

— Excusez-moi, reprit Sandrine, je suis vraiment conne ! J'imagine que vous préférez être seuls.

— Ce n'est pas la question, répondit Max.

— Ah oui, fit Vanessa, et quelle est la question ?

— Ma chère Vanessa, expliqua Max, tu as dit toi-même que nous faisions partie d'une farce beaucoup plus grosse que nous, alors sois cohérente. Si l'auteur décide…

— Excusez-moi, dit Sandrine en se levant. Je vous laisse décider, je reviens.

Elle prit son sac et se dirigea vers les toilettes des dames. Max et Vanessa se regardaient en silence.

— Si l'auteur décide ? demanda Vanessa.

— Vanessa, commença Max en posant sa main sur la sienne, l'auteur a fait dire à Sandrine de nous inviter à souper alors qu'elle ignore qu'elle n'est qu'un personnage de roman. Son invitation ne peut donc être que sincère. Tu ne penses pas ?

— Je ne remets pas la sincérité de Sandrine en question. C'est mon amie. Je m'interroge simplement sur les desseins de l'auteur.

— On ne connaît pas plus ses desseins qu'il ne nous connaît.

— Je sais mais il aurait pu nous faire passer notre deuxième soirée, seuls, en tête à tête, non ?

— Vanessa, je ne sais pas si son but, avec ce roman, est d'explorer les relations sentimentales mais la suite de l'histoire devrait nous le dire.

— Alors, nous acceptons l'invitation de Sandrine ?

— Avons-nous vraiment le choix ?

— Il n'est rien sans nous.

— Et que sommes-nous sans lui ? lança Max impatiemment. Tu sais, dans tout travail expérimental, il faut que les acteurs demeurent aussi modestes que l'objet de leur observation. Il a mis tout le paquet de romantisme dans notre première rencontre. Cela ne veut pas dire qu'il renie toute forme de romantisme à venir en ce qui nous concerne. Il nous fait simplement brûler des étapes, changer rapidement de régistre, je crois.

— Alors, nous acceptons son invitation, fit Vanessa comme Sandrine revenait.

— Et alors, qu'est-ce que vous faites ? demanda celle-ci.

— Nous acceptons, trancha Vanessa.

— Oui pour la lasagne à trois et la Constitution de l'An I, lança Max.

Il est temps de s'expliquer

Comme la majorité des lecteurs de romans sont des femmes, nous allons parler de la lectrice sans discrimination envers le lecteur. Pour ce genre de roman, je pense évidemment aux femmes ayant entre vingt-trois et cinquante-deux ans.

Cela dit, nous interrompons le récit pour discuter de la narration possible concernant ce que nous appellerons *La lasagne à trois*. Certaines lectrices se limiteraient à un échange amical entre les trois protagonistes ; d'autres, plus proches d'eux et plus à l'écoute de leurs besoins, verraient une occasion pour Max de réaliser le fantasme qu'on prête à tous les hommes ; d'autres, enfin, verraient là l'occasion pour Sandrine de se venger de Vanessa.

Nous verrons les trois possibilités narratives. Il faut cesser de prendre les lectrices pour des connes, tout comme les personnages, d'ailleurs. L'auteur ne craint rien en dévoilant le contenu des trois prochains chapitres. Il sait qu'une des trois versions triomphera sur les autres pour la suite de l'histoire.

Il était temps de s'expliquer sur ce que représente une Constitution narrative de l'An I.

L'échange amical...

Sandrine a invité Vanessa et Max parce qu'elle ne voulait pas se retrouver seule à l'appartement. Ou alors, son invitation aurait été lancée par pure politesse. Il demeure néanmoins possible qu'elle les ait invités parce qu'elle ne savait pas quoi dire ni quoi faire.

— Comment allez-vous ? dit-elle, sans qu'on le lui ait demandé.

— Pourquoi dis-tu cela ? s'étonna Vanessa.

— Pour faire amical, répondit Sandrine.

— Est-ce que Pat et toi désirez avoir des enfants ? se permit de demander Max en toute amitié.

— Comment trouvez-vous la lasagne ? s'informa Sandrine.

— Elle est très bonne, ma grande, fit Vanessa.

— C'est vraiment la meilleure que j'ai jamais goûtée, ajouta Max.

— Vous dites cela pour me faire plaisir, marmonna Sandrine.

— Non, c'est sincère, dirent Vanessa et Max simultanément.

— Vous me faites penser à un vieux couple, lança Sandrine.

— On n'est ensemble que depuis hier, fit Vanessa.

— Et vous désirez des enfants ? demanda Sandrine.

— Non, répondit Max, nous n'avons que quelques heures de faites dans notre vie de couple. Nous n'y avons pas encore songé. On se connaît à peine. S'il est une chose à prendre au sérieux, aujourd'hui, ce sont bien les enfants. Eux ne démissionnent jamais avant d'être adultes.

— C'est vrai, admit Sandrine, tu es très profond, genre.

— Ç'a pas rap', laissa tomber Max.

— Nous sommes limités à une relation amicale, expliqua Vanessa.

— Pour l'instant, ajouta Sandrine.

— Si on passait à l'autre hypothèse, proposa Max.

Le supposé fantasme de Max

— Vous aimez ma lasagne ? demanda Sandrine.

— Oui, oui, dirent simultanément Vanessa et Max.

Tous les trois étaient assis en triangle autour d'une table carrée. Après avoir terminé les consommations offertes par l'auteur, ils s'étaient arrêtés pour cueillir le pain et le vin. La technologie nous permet de cueillir le produit transformé qui sera un produit fini, comme avant, seulement quand l'organisme humain l'évacuera. Max avait acheté deux Merleau-Ponty et Vanessa avait mis la main sur un porto pas piqué des vers. Philosophie et poésie aidant, ce serait une soirée d'autant plus agréable que Sandrine avait acheté le fameux pain de l'An I.

J'ignore ce que peut suggérer ce terme de pain de l'An I pour la lectrice avertie de ce qui peut se passer dans ce chapitre. Je dois la prendre à mon jeu et lui faire avaler une couleuvre. Allons-y.

— Qu'est-ce que vous avez envie d'écouter ? demanda Sandrine.

— Je ne sais pas, répondit Vanessa. Brassens, Brel, Ferré, Leloup, ajouta-t-elle en regardant Max. Pat les a tous…

— Si on écoutait Harmonium, est-ce que tu as l'*Heptade* ? lança-t-il à Sandrine.

— Un joint avec ça ? fit Vanessa.

Sandrine se leva, alla dans la chambre et en revint avec un petit coffret en bois qu'elle posa solennellement sur la table.

— Je mets l'*Heptade* et on termine le vin avec un peu d'hydroponique. Tiens, tu as l'honneur de le rouler, dit-elle à Max en poussant le coffret vers lui.

Sandrine entreprit ses recherches parmi la pile de CD non classés. Max ouvrit le coffret. Il en sortit un petit sac de plastique qui contenait à peine un gramme d'herbe magique. Des papiers à cigarette, du surfin de Vogue, tapissaient le fond du coffret. Il en prit un. Il demanda à Vanessa sa pochette d'allumettes. Il en déchira une partie qu'il roula en cylindre. Il prit le cannabis et en émietta les feuilles. Il restait quelques feuilles et une petite boule qui provenait des fleurs. Contrairement à ce que prétend la police, le chanvre indien est une plante féminine dont la fleur est l'apanage des dieux. Encore un effort pour être vraiment révolutionnaire, disait en quelque sorte le marquis de Sade au moment de la Révolution.

Sandrine mit l'*Heptade*. Max lui tendit le joint. Elle le passa sur ses lèvres et l'alluma.

— C'est tout ce qu'il nous reste de l'an passé. Nous avons hâte que septembre arrive. Pat a un copain qui en fait pousser, ça ne lui coûte rien. C'est du bon, affirma Sandrine en donnant le joint à Vanessa.

— Ça fait longtemps que je n'ai pas entendu Harmonium, déclara Vanessa après un moment de silence. En fait, j'ai l'impression que je l'écoute pour la première fois.

— C'est une des plus belles soirées de ma vie, dit Max en tirant sur le joint.

— Ah oui? fit Vanessa, faussement curieuse.

— Raconte-nous, lança Sandrine.

— Bien, je suis avec les deux plus belles femmes de ce petit trou qui n'existe que pour ses régates et ses usines. On ne parle pas de son port sous-exploité à l'extrême. Enfin, poursuivit Max, le pot me fait de l'effet, la musique me ravit et vos deux présences me ravivent. Si j'avais à vous décrire...

— Oui, décris-nous, insista Sandrine.

— L'auteur renonce encore une fois à ses responsabilités, constata Vanessa. Il te fait demander à Max de nous décrire.

— Écoute, Vanessa, dit Max, je crois qu'il désire que la lectrice puisse se reconnaître en l'une de vous ou vous donner le visage d'une de ses amies. Et m'en mettre un à moi aussi. J'entreprends donc de vous décrire et je commence par Vanessa.

— Vas-y, l'encouragea Sandrine en levant son verre.

On porta un toast au récit.

— Je…, commença Max, je suis touché au cœur par la responsabilité qui m'incombe. Vous êtes tout à fait différentes l'une de l'autre, il me semble. Physiquement et dans le regard aussi et pourtant vous devez bien vous ressembler pour être de si bonnes amies. Vanessa est toute en rondeur et affiche continuellement un sourire espiègle alors que Sandrine est plus flegmatique et mince. Plus grande aussi. Vous avez de beaux cheveux et vous êtes très belles. J'imagine qu'un…

Max s'interrompit.

— Continue, fit Vanessa.

— Oui, insista Sandrine, tu imagines qu'un…

— J'imagine, je déconne, dit Max en jouant nerveusement avec le pied de sa coupe.

— Vas-y, supplia Sandrine, ça vous arrive si peu souvent de dire ce que vous pensez.

— Je veux dire qu'un homme qui se retrouverait avec vous deux dans le même lit serait un homme béni des dieux, l'homme le plus choyé du monde, voilà, avoua Max en regardant la table.

Sandrine et Vanessa se regardèrent, étonnées.

— Une seule ne te suffit pas ? demanda Vanessa.

— Ce n'est pas la question. L'occasion est unique car nous ne pouvons pas encore dire que toi et moi sommes en couple.

— Et après ?

45

— C'est plus simple dans ces cas-là.

Sandrine et Vanessa se regardèrent de nouveau, encore plus étonnées.

— Explique-toi, dit Sandrine.

— C'est assez simple, répondit Max en jouant avec la pochette d'allumettes. On prête aux hommes le fantasme de faire l'amour avec deux femmes simultanément avant de mourir. En ce sens que l'homme qui y parvient n'a pas vécu pour rien. Cela donne un sens à sa vie, voyez-vous ? Parvenu à un certain âge, en fait quand il prend conscience de la mort, l'homme se rapproche... En fait, c'est comme s'il voulait retourner par lui-même d'où il vient... Alors, le sexe de la femme prend dans son esprit des dimensions démesurées qu'il voit à sa mesure...

— Je ne comprends pas, lança Vanessa.

— Je vais être clair. Je me verrais très bien... Ce n'est pas évident à dire.

— Vas-y, insista Sandrine sous le regard méfiant de Vanessa.

Puis elle ajouta à l'endroit de son amie :

— Qu'est-ce que tu as à me regarder ainsi ?

— Je prépare la troisième hypothèse narrative, dit Vanessa.

Un déclenchement d'hostilités...

— Vous aimez ma lasagne ?

— Oui, répondit Max, elle est très bonne.

— Attends de goûter à la mienne, dit Vanessa en se tournant vers lui.

— Tu ne l'aimes pas ? lui demanda Sandrine.

— Non, je ne disais pas cela pour ça.

— Qu'est-ce qu'elle a de différent, ta lasagne ?

— Peu de chose et tout, ce sera à Max de décider.

— Max n'est pas aussi bien placé que Pat pour faire son choix, lança Sandrine.

— Je ne vous suis pas, avoua Max.

— Ce n'est rien, répliqua Vanessa en posant sa main sur son bras.

— Rien ! s'exclama Sandrine. Tu la veux, la troisième hypothèse, tu vas l'avoir.

En disant cela, elle regarda son amie droit dans les yeux. Elle porta son regard sur Max et posa sa main sur son bras.

— Tu sais, ça ne servirait à rien de te cacher qu'elle a couché avec Pat deux jours après moi et qu'elle savait très bien ce qu'elle faisait.

— Tu n'es vraiment pas correcte, dit Vanessa en se levant. Je croyais que tu étais mon amie, ajouta-t-elle en quittant l'appartement.

— Je suis vraiment désolée, s'excusa Sandrine. Je ne voulais pas dire cela. Quand je fume…

— Ne t'excuse pas. Tu as dit ce que tu avais à dire. Ce n'est pas si grave. Nous sommes plus que nos histoires de couchette, il me semble.

— La bouteille de vin bouge…

— Oui, je l'ai vu bouger, moi aussi.

— Nous passons au salon ?

Là, ils s'assirent tous deux dans la causeuse.

— On est bien dans la causeuse, dit Sandrine. Je me sens coupable pour Vanessa.

— Si tu veux, on peut causer.

— Tu étais sérieux pour quelque chose à trois ?

— Non, je sais même pas comment je me comporterais. Ce n'est pas évident. C'est sûr que dans les films où il y a deux femmes sur un homme… c'est sûr qu'on voudrait tous être à la place du mec. Mais ce n'est pas évident…

— Je comprends.

— Il n'en demeure pas moins que ce doit être une très belle expérience…

— Je ne peux pas te dire. Je ne me vois pas faire l'amour avec toi et Vanessa. En plus, faudrait se réconcilier, elle et moi. Elle est partie fâchée.

— Tu sais, ce n'est que le début du roman, il peut s'en passer des choses, d'ici la fin.

— Oui, je sais. Tu m'es plus sympatique qu'avant… que depuis hier, mettons…

— Je gagne à être connu.

— Moi aussi, je pense.

Max la regarda dans les yeux et lui sourit. Elle lui sourit aussi et ferma les paupières. Devant un tel tableau, Max ne put résister à l'envie de poser ses lèvres sur les siennes. Quand une femme est avec un homme et qu'elle ferme les yeux en lui souriant, c'est qu'elle désire être embrassée. Cela est ainsi depuis le début des temps. Disons, depuis le Néanderthal. Depuis la fin du cannibalisme, quand on s'est mis à enterrer nos morts plutôt que de les manger. Avec les nouvelles technologies et la révolution féministe, la donne n'a pas changé mais le mâle a été secoué. Il ne sait plus ce que la femme désire parce qu'il n'a jamais prêté attention à son plaisir de vivre et de nous mettre au monde. C'est sûr qu'il y a des vaches. Mais, derrière toute vache, il y a un veau et souvent nous sommes celui-là. Pourquoi se raconter des histoires ?

— Qu'est-ce qu'il raconte ? demanda Max.

— Laisse-le faire, répondit Sandrine. Occupons-nous de nous, plutôt.

— Oui, tu as raison, dit-il en se rapprochant d'elle. Quand il déconne, il vaut mieux l'ignorer.

Devant tant d'hostilité, l'auteur trouve préférable de clore ce chapitre. Il y avait certes une bonne occasion d'injecter une dose d'érotisme dans le roman. Malheureusement, à la grande satisfaction de ma mère et de certaines de ses sœurs, la lectrice tout à fait normale qui aime bien lire des passages érotiques — quand c'est bien fait, s'entend — devra patienter encore.

Bataille définissait l'érotisme comme étant «l'approbation de la vie jusque dans la mort». Cela dit, je renvoie ces lectrices à la scène finale des *Raisins de la colère* de Steinbeck dans laquelle Rose de Saron donne le sein à un moribond. Cette scène est d'autant plus émouvante qu'elle couronne une critique de la société américaine de l'époque. Critique qui, comme l'érotisme, n'est pas encore dépassée.

Une remontée en slalom…

— Ça va, c'est de bonne guerre, admit Vanessa. Ça m'écœure, mais c'est de bonne guerre. Qu'est-ce que tu vas dire à Pat, maintenant ?

— Calme-toi, ma chère, l'écrivain est un individu qui désire acquérir une reconnaissance en passant au-dessus des instances de pouvoir reconnues socialement, lui répondit Sandrine au téléphone.

— Max t'a mis dans le coup.

— Parce que, toi, tu crois avoir été mise dans le coup avant de coucher avec lui ?

— Je crois bien que oui, de la première bière qu'il nous a envoyée tu as déduit qu'il ne voulait pas interrompre notre conversation, je te croyais dans le coup, dit Vanessa. Par la suite, j'ai eu la même impression que les lecteurs. Maintenant, je ne suis plus sûre de rien.

— Tu peux me dire, demanda Sandrine, pour quelle raison je serais plus au courant en couchant avec Max ? Si tu n'es pas sexiste, tu es obsédée sexuellement ?

— J'ignore pourquoi il a été immédiatement mis au courant, il le connaît peut-être.

— C'est un professeur de littérature, alors c'est possible. Qu'est-ce que tu fais, cet après-midi ?

— J'avais l'intention de passer voir Pat, si tu n'y vois pas d'objection, répondit Vanessa.

— Si tu le prends ainsi, je vais rappeler Max. À la prochaine, lança Sandrine avant de raccrocher.

— Salut, Pat, dit Vanessa en s'approchant du lit où il était assis.

— Sandrine est avec toi?

— Non, je passais par ici, ça va bien?

— Oui, et avec un *Panthère rose* et Sellers, je ne désire rien de plus. Qu'est-ce qui t'amène?

— Rien, je m'adonnais à passer et j'ai pensé à toi. J'ai téléphoné à Sandrine mais elle n'était pas là.

— Je sais, j'ai téléphoné tantôt. Elle doit être à ses cours.

— Non, elle n'a pas de cours cet après-midi.

— J'aimerais savoir pourquoi tu es parti si tôt ce matin, avant mon réveil? demanda Sandrine à Max.

— Je n'avais pas dormi, dit-il, et je me sentais coupable. Le vin et le pot, tu comprends?

— Vous avez le don, vous les hommes, de mettre sur le dos du vin la laine que vous nous mangez sur le dos, lança Sandrine, offusquée.

— Parce qu'on a baisé par-derrière, peut-être, répliqua Max un peu méchamment.

Sandrine mit la main sur son sac et regarda Max dans les yeux. Elle avait envie à la fois de le gifler et d'éclater en sanglots. Si elle l'avait giflé, elle aurait éclaté en sanglots mais si elle avait éclaté en sanglots avant, jamais elle n'aurait pu le gifler.

Les relations entre les êtres ne sont vraiment pas simples et les amitiés ne tiennent souvent qu'à un fil. Quand il s'agit d'un fil à coudre quoi que ce soit — vêtement ou chair —, la réparation demeure toujours possible. Dans le cas du fil de l'épée, même avec la dextérité d'un chirurgien ou l'habileté de l'opératrice de l'*Overlock*, l'incisure est souvent inamissible.

— J'adore Peter Sellers, dit Pat.

— Je peux te laisser, répondit Vanessa.

— Non. Je l'ai vu cent fois. Tu sais bien que je préfère la compagnie d'une femme à n'importe quel film, s'il n'est pas porno, et celle des infirmières qui sont les plus belles femmes de la ville…

— Je te remercie pour les étudiantes de cégep, pour Sandrine et moi.

— Vous n'avez qu'à vous recycler dans les techniques infirmières. Vous perdez votre temps en littérature.

— C'est bien là qu'on te reconnaît. Le monde tourne autour de toi. Tu me fais penser à Labienne Farouche et à Claire Latarte.

— Jolie comparaison, remarqua Pat.

— Oui, reprit-elle, elles sont toutes les deux des monitrices de centre d'accueil.

— Et le rapport avec moi ?

— La première s'imagine faire de la littérature, et la seconde s'évertue à la remplacer comme ils ont fait avec le petit catéchisme. Ils ont beaucoup de succès avec les personnes âgées. Depuis qu'il s'est donné une gérontocratie, le Québec est devenu un immense centre d'accueil, si on excepte Montréal et encore.

— C'est ton nouvel amour qui t'injecte ce sens critique ? demanda Pat.

— Laisse faire mon nouvel amour. Tu as hâte de sortir d'ici ?

— Je ne me fais pas d'illusions... Une dizaine de jours… Il s'est passé quelque chose entre Sandrine et toi ?

— Je regrette, dit Max, mais je ne pouvais pas accepter que tu mettes sur le dos du pot et du vin le fait que j'aie fait l'amour avec toi.

— Et avec Vanessa ?

— Comparaison aussi inutile que la précédente. Je vous aime bien toutes les deux, c'est tout.

— C'est tout! s'étonna Sandrine. De la peau... et de la baise...

— Heureusement que je n'ai pas signé de contrat avec toi.

— C'était seulement du cul que tu voulais?

— C'est rarement que pour le cul. C'est vous qui vous mettez cela dans la tête.

— Comment puis-je le savoir? Je ne sais pas ce que tu penses.

— Tu fais un effort pour te rendre intéressante?

Sandrine le regarda, sortit ses cigarettes et en alluma une sans dire un mot. Max commanda un autre café et lui demanda si elle en désirait un. Elle fit un signe affirmatif.

— Tu sais que Vanessa m'a dit qu'elle passerait voir Pat? demanda-t-elle.

— Pour quelles raisons? Elle te remplace auprès du malade?

— Tu ne penses pas qu'il y a quelque chose qu'elle n'a pas digéré?

— Qu'est-ce que tu as à te prendre le ventre ainsi? demanda Pat.

— Je ne sais pas... Des problèmes de digestion, fit Vanessa.

— Ah oui! s'étonna-t-il ironiquement.

— Ça ne m'arrive pas souvent, rassure-toi.

— C'est normal que tu aies des problèmes de digestion, non?

— Que veux-tu insinuer? demanda-t-elle.

— Après la critique sensée et intelligente que tu as fait de la société québécoise, c'est normal.

— Je vais me gêner pour dire ce que je pense, peut-être?

— Non, mais je sais que, quand on sort de nos gonds, on fait des ulcères.

— Tu me parlais de mes amours, tantôt, lança Vanessa, apaisée.

— Assieds-toi sur le bord du lit, lui dit Pat en rame-nant une jambe pour libérer un peu d'espace.

— Tu dois t'ennuyer ici, non ?

— Ce n'est qu'un mauvais quart d'heure à passer même s'il doit durer une dizaine de jours.

— Pourquoi t'inquiétais-tu de mon mal de ventre ?

— Parce que ton ventre fait partie des ventres qui por-tent les enfants.

— On croirait entendre Max.

— S'il vous suffit de coucher avec deux hommes pour les confondre, je préfère ne plus vous parler. Pour paro-dier Foucault, les féministes n'ont pas encore coupé la tête du roi... ou sa queue. Elle est simple, l'histoire de l'huma-nité...

Narrons...

— J'espère qu'elle n'est pas allée voir Pat pour lui dire que nous avons passé la nuit ensemble, dit Max.

— Cela n'a aucune importance, répondit Sandrine.

— Rien ne t'énerve.

— Pat s'en fout, je crois.

— Ah oui! s'exclama-t-il en saluant de la main la femme qui venait d'entrer. C'est une de mes étudiantes.

— Je sais, marmonna Sandrine. Une de plus, quoi!

— Qu'est-ce que tu veux dire?

— C'est seulement une étudiante?

— Oh là là! que ne faut-il pas entendre! Je lui donne des cours privés sans plus. Dieu, que vous êtes commères!

— Bonjour, lança Sola en s'approchant de leur table.

— Bonjour, répondit Max. Tu profites bien de tes vacances? Tu peux t'asseoir avec nous, si tu veux. Est-ce que tu connais Sandrine?

— Salut, dit Sola en tendant la main à Sandrine. Je ne veux pas vous déranger.

Sandrine lui serra la main et prit son sac pour libérer la table devant la chaise que Sola s'apprêtait à occuper.

— Non, non, tu ne nous déranges pas, lui assura-t-elle. Assieds-toi, nous sommes tous en littérature après tout.

— Oui, mais, moi, je vais changer, répliqua Sola.

— Ah oui? Et pour quelle discipline? demanda Sandrine.

— Je ne sais pas encore. En scénarisation, peut-être. Mais il faut que j'améliore mes récits. Max me donne des cours...

La serveuse se présenta à leur table. Sola commanda une bière, Max regarda sa montre et fit de même, Sandrine demanda un verre d'eau.

— Tu n'aimes pas la bière ? lui lança Sola.

— Pourquoi dis-tu cela ? fit Sandrine. Nous avons bu beaucoup de vin, hier, n'est-ce pas, Max ?

— Oui, répondit Max, songeur.

— Qu'est-ce que tu as ? s'enquit Sandrine.

— Je me demande ce que Sola vient faire ici.

— Je vais vous le dire, déclara cette dernière. Je peux sembler sortir d'un roman mais j'existe bien réellement. En fait, je ne suis, comme vous, qu'un personnage.

— Oui, rétorqua Max, mais, parmi les personnages, il y a toujours des faire-valoir.

— Si tu relis son dernier roman, tu vas t'apercevoir que je suis plus qu'un faire-valoir, comme tu dis.

— Je viens de le lire, dit Sandrine, et c'est vrai qu'au début tu es vraiment la dernière des connes...

— C'est vrai mais à la fin, l'interrompit Max, elle a raison. C'est une vraie Galatée.

— Oui, je suis une femme dont tous les hommes peuvent rêver. J'adore tes leçons de narration.

— Je suis payé pour cela, dit Max.

— Oui, admit Sola, mais j'en connais d'autres beaucoup plus poches. Mon père t'apprécie.

— C'est la moindre des choses, c'est lui qui paie.

— Ton père a beaucoup d'argent ? lui demanda Sandrine.

— Oui, il est millionnaire, répondit Sola.

— C'est bien, il peut t'offrir des cours privés.

— Le premier roman dans lequel je figurais, je n'avais pas de père, donc je ne pouvais pas me permettre de suivre des cours privés, alors je dansais. Maintenant, depuis que j'ai un père et millionnaire en plus, je ne suis pas obligée de montrer mes fesses pour vivre. La situation n'est pas mieux. Je ne couche pas avec mon prof mais on me prête cette intention. Où est le progrès, tu peux me le dire ?

— L'idée de progrès, commença Max, remonte au Siècle des lumières, aux révolutions politiques et industrielles, à une crise structurelle comme nous vivons présentement.

— Ah oui ? dirent Sandrine et Sola.

— Oui, oui et oui, répondit Max.

— On te laisse aller, alors, ajoutèrent-elles.

— Merci. J'ai vraiment besoin de dire ce que je pense à des femmes comme vous. En fait, si vous saviez comme j'apprécie votre présence.

— Profite de notre silence, alors, lui lança Sandrine.

— L'idée de progrès remonte aux Lumières, voyez-vous. En fait, à ce dix-huitième siècle que les historiens ont appelé « le Siècle des lumières ». Fin de siècle trouble, début trouble d'un autre siècle. Ça ressemble énormément à aujourd'hui, l'idée de Raison en moins. Pour cette période d'un demi-siècle, comprise entre 1780 et 1830, que les historiens marxistes ont appelée « crise structurelle ». Très grande période de misère où les utopies fleurissent. Il doit bien y avoir une raison. Hegel va d'ailleurs pousser l'idée de Raison à son extrême, et Marx va donner naissance à la sociologie en fusionnant l'histoire et la philosophie. C'est cela, le progrès. Ça ne nous donne rien de jouir en se faisant enfiler par-derrière si nous ne l'avons pas décidé. La démocratie commence là où elle s'achèvera, c'est-à-dire dans le lit. Je crois que le prochain millénaire devra en tenir compte. « Nous allons à l'Esprit », disait Rimbaud.

— Continue, dirent Sandrine et Sola.

— Merci, habituellement les étudiantes préfèrent qu'on les courtise.

— Autrement, tu veux dire ? demanda Sandrine.

— Il faudra bien cesser de vous prendre pour des connes. Rimbaud n'a pas été doux avec les bonshommes. En fait, je crois, que votre sexe est ce qu'il y a de plus beau au monde et je ne dis pas cela sans émotion. Qu'est-ce qu'il ne me fera pas dire, ce con d'auteur ?... S'il désire aller loin avec son roman, il faudra qu'il ménage ses personna-ges... Je m'excuse... Je ne crois pas que mon verbe ait dépassé mes pensées. Au contraire, quand il est question de vous, de vous les femmes, de votre sexe, de vos char-mes, de votre beauté, de vos fesses aussi, enfin de votre inégalable fleur et de ses pétales et de vos rondeurs, tout en douceur, jamais mon verbe ne peut exprimer toute l'émotion qui m'habite, et je le dis sans jeu de mots car je ne parle pas de ma bitte... Il me fait dire des conneries...

— Ce n'est pas grave, affirma Sandrine, continue, c'est intéressant.

— Je n'ai plus rien à dire. En fait, parfois, j'aimerais mieux me taire. J'ai souvent l'impression que je me cale quand je parle. C'est rare chez un prof mais je le pense. J'aime trop les étudiantes, je crois. C'est vrai que vous êtes belles et que je m'investis en vous. Il y a deux industries qui m'agacent en ce monde, c'est l'industrie pornographi-que et l'industrie militaire. Il me semble que nous devrions mettre nos économies ailleurs, nos surplus, il me semble. Quand le mâle, qui contrôle passablement la planète, aura comme priorité le bonheur de ses femmes, alors et alors seulement, nous vivrons en paix. Il faudra mettre le respect de votre beauté dans la Charte des droits de la personne de 1948, voilà. Je suis vraiment ému. Je ne sais pas ce qui se passe avec moi. Il faudra mettre les intégristes dans le coup, c'est certain. Le morceau est lâché. Il me fait sortir de mes gonds. Je crois que c'est son travail. Il faut faire avec... Tu sais, Sandrine, je dois t'avouer quelque chose... L'hypothèse narrative dans laquelle je... nous nous retrou-vions au lit avec Vanessa, je crois, connaissant l'auteur, que cela aurait été beaucoup plus sentimental que pornogra-phique...

— C'est quoi? demanda Sandrine. C'est un message qu'il veut passer à sa blonde?

— Le problème avec un auteur, c'est qu'on ne sait jamais sur quel pied il nous fait danser, répondit Max.

— À qui le dites-vous ! fit Sola. Moi, il m'a fait danser nue comme si j'avais été la dernière des traînées. Pour se racheter, il me donne un père millionnaire mais avec lequel je ne pourrai jamais m'entendre. Il pense plus à ses romans qu'au bonheur de ses personnages, il me semble. Ça va lui revenir sur la gueule comme un élastique...

— Ne dis pas cela, répliqua Max. On ne doit jamais présumer des intentions de l'auteur quand nous ne sommes que des personnages.

— À quand la démocratie, dit Sola. C'est avec notre cul qu'il faudra l'imposer ?

— Oui, et qu'est-ce que vous attendez pour la mettre au monde, cette démocratie ? lança Max.

— Tu crois que c'est aussi simple que ça ? fit Sandrine.

— Je ne crois rien, répondit Max. J'aimerais simplement que ce soit différent, que ça se passe autrement. J'aimerais que nous puissions être bien entre nous sans nous entre-tuer. J'aimerais être avec une femme, simplement, sans qu'elle me traite de macho parce que je lui caresse les fesses et que je lui dis que c'est ce qu'il y a de plus beau au monde... Pour un homme, il n'y a rien au monde de plus sécurisant que le giron d'une femme... C'est ainsi... c'est aussi ce qui explique les industries pornographique et militaire.

— Tu es sérieux ? demanda Sandrine.

— Je préférerais ne pas l'être. Je déteste cette conscience qui est mienne, dit-il en s'esclaffant. Je crois qu'il aurait été préférable de naître sans conscience. On apprécierait plus aisément votre cul et on cesserait de s'entre-tuer, il me semble.

— Oui, rétorqua Sola, vous faites la guerre pour posséder nos fesses.

— Oui, il n'y a pas de bien plus précieux au monde que votre féminité. Nous nous entre-tuons pour y accéder et la posséder. C'est hors de nous. Cela nous échappe, en quelque sorte. Nous voulons tout en ne voulant rien. On ne peut pas arriver à vous posséder et pourtant nous aimerions ça, car le contrôle de la planète passe par la compréhension de la femme.

— Tu ironises, dit Sandrine.

— Aucunement. C'est en apprenant à vivre avec ses femmes que l'homme se libérera de ses jougs séculaires. Il lui faut l'admettre ; autrement, nous narrons.

Stéphanie Thibeault

— J'apprécie que tu sois venue me visiter. On se sent en meilleure santé quand, une jolie femme comme toi est assise sur son lit… d'hôpital.

— Merci, répondit Vanessa. Ça ne t'arrive pas souvent d'être gentil. J'apprécie…

— Tu sais, dit Pat, je n'ai jamais pensé que tu étais conne contrairement à ce que tu penses que je pense.

— Tu ne perds jamais d'occasion.

— Tu sais, Vanessa, je n'ai jamais accepté…

Il s'interrompit, la regarda dans les yeux et lui demanda :

— Que s'est-il passé, hier soir ?

— À quelle heure ?

— À cinq heures moins le quart. Tu me prends pour un con ?

— La troisième hypothèse narrative nous mettait en conflit, Sandrine et moi. Je ne dis pas que c'est elle qui a triomphé, mais je suis partie et je l'ai laissée avec Max. Par la suite, j'ignore ce qui s'est passé.

— Merde !

— Voyons, mon grand, dit Vanessa en posant sa main sur sa cuisse.

— Je me fous qu'ils aient couché ensemble.

— Ce n'est pas pire que nous.

— Je commence à en avoir plein le cul, de ces histoires de couchettes.

— Tu n'as que ce que tu mérites, il me semble.

— Je te trouve injuste.

— Injuste, injuste ! s'étonna-t-elle. Nous allons refaire l'histoire, peut-être ?

— Justement, c'est justement la question qui se posera au monde dans quelques mois quand nous changerons de siècle.

— De millénaire, même, ajouta Vanessa.

— Je ne l'ai pas dit car j'essaie de rester à l'écart de l'industrie médiatique. Nous parlons d'histoire à refaire, il me semble. L'humanité attendait de tourner la page de ce siècle dont elle ne peut être très fière.

— Pourquoi dis-tu cela ? Nous sommes tous informatisés.

— Tu joues la conne ou tu l'es vraiment ?

— Va te faire foutre. Je suis un personnage de roman et j'entends bien prendre ma place en tant que tel. Là-dessus, je n'ai rien à t'envier. D'ailleurs...

— Quoi ?

— Rien... je préfère me taire.

— Sois belle et tais-toi.

Vanessa le regarda sans mépris avec un sourire défiant.

— Pourquoi es-tu à ce point méprisant avec moi quand tu reparles de refaire l'histoire ? lui demanda-t-elle.

— Excuse-moi. J'ai hâte de sortir d'ici. Je ne te demande même pas de te mettre à ma place. Je ne te demande même pas de me comprendre. Je me sens seul au monde. Que veux-tu ? Je me sens comme abandonné. Je crois que j'aime énormément les femmes et que je n'accepterai jamais qu'on vous fasse de mal. Je ne voulais pas te blesser. C'est vraiment pas nécessaire. L'humanité est à racheter avec toute son histoire. Je ne voulais vraiment pas te blesser. Maintenant, je regrette.

— Tu pleures ?

— Je nous trouve un peu cons. Je me trouve con. Je ne

voulais pas te blesser, je ne voulais pas te faire mal, je ne voulais pas… C'est sorti tout seul et je m'en veux, maintenant. Tu devrais me laisser, c'est vraiment tout ce que l'être pitoyable que je suis mérite.

Vanessa s'approcha de lui et prit sa tête entre ses mains. Avec ses pouces, elle essuya les larmes en les glissant sur ses joues. Pat pleurait maintenant comme un enfant. Elle tira sa tête vers elle et la serra entre ses bras. Elle comprenait qu'elle devait le rassurer. Elle savait son désarroi. Aussi, ses doigts caressèrent ses cheveux tout doucement. Il continuait à sangloter. Vanessa balançait sa tête doucement contre son sein. Elle souriait paisiblement. Pat respira son parfum, et ses sanglots redoublèrent.

— Le monde est à refaire, lui dit-il.

— Faut te sortir de l'hôpital, d'abord, répondit-elle.

— Tu crois que nous pouvons défier le pouvoir des médecins. Je me sens vraiment sous incarcération médicale, déclara-t-il en levant la tête.

— Tu me connais mal, mon cher.

Vanessa regarda autour d'elle, se leva et alla à la salle de bain. Quand elle en ressortit, elle tenait une trousse de toilette. Elle jeta un œil au moribond et passa son chemin. Pat l'observait d'un air interrogateur. Elle se rendit au placard et, en silence, en sortit un sac de voyage. Elle le posa sur le lit sans lui accorder un regard. On aurait dit qu'elle l'ignorait. Puis elle ouvrit les tiroirs de la commode et les vida dans le sac. Pat, subjugué, suivait des yeux tous ses mouvements. Elle sonna l'infirmière. Quand celle-ci arriva, Vanessa consulta sa montre et montra à Pat la chemise et le pantalon qu'elle avait posés sur le lit.

— Vous me le débranchez, ordonna-t-elle à l'infirmière.

— Mais son traitement n'est pas terminé, répliqua cette dernière.

— Allez me chercher un formulaire de refus de traitement, dit Vanessa.

— Les anticoagulants ne font pas encore effet. Il ne peut se passer de l'héparine.

— Je me charge de lui éclaircir et le sang et les idées. Allez, Pat, profite de ce qui passe. Habille-toi, on s'en va. Tu signeras le formulaire à la réception. Ici, ce n'est pas pour toi, tu as toute une vie à vivre et je te donne la main.

— Tu es folle ! s'exclama Pat.

— Oui. Enfile tes chaussures, je t'invite à souper où tu veux. Il y a un nouveau resto, pas loin d'ici. J'espère simplement qu'il n'est pas fréquenté par le personnel hospitalier, lança-t-elle à l'intention de l'infirmière qui retirait l'aiguille du bras de Pat.

— Il faudra absolument signer le refus de traitement, leur dit-elle, sinon, je suis responsable, vous comprenez…

— Ne vous inquiétez pas inutilement, répondit Vanessa. Nous ferons tout selon les normes. Tu avais mis un condom, cette fois-là ? demanda-t-elle à Pat.

— C'est quoi, ton resto ? s'informa-t-il.

— Tu es une femme extraordinaire, affirma Pat.

— Ce que je fais pour toi, je l'aurais fait pour n'importe qui, rétorqua Vanessa.

— C'est ce que je disais.

— Elle est bonne, la salade, même si ça rime avec malade. Tu te sens bien ?

— Bof, la journée fut très émouvante ou éprouvante, je ne sais pas, mais ça va. Tu es vraiment une femme extraordinaire. Je me rends bien compte que je te connaissais mal pour ne pas dire que je ne te connaissais pas du tout.

— Il faut parfois nous percevoir au-delà de notre cul pour nous apprécier vraiment.

— Oui, je suis bien obligé de te donner raison. Tu as été formidable avec moi. Et je ne le dis pas pour coucher avec toi.

— Ce n'est pas grave. Je ne t'ai pas sorti de l'hôpital pour te faire dormir dans la rue.

— Parfois, j'ai l'impression que toute l'histoire de l'humanité tourne autour de la conquête des femmes par les hommes.

— Peut-être. Je ne sais pas. Ne va jamais me tenir pour acquise comme tu l'as fait avec Sandrine.

— Qu'est-ce que tu racontes ? Qui est cette Stéphanie en début de chapitre ?

— La Thibeault ?

— C'est ce qui est marqué ?

— C'est la nouvelle femme de l'auteur. Je ne la connais pas. Elle est étudiante comme Sandrine et moi. Elle, ce n'est pas un personnage de roman. Il fait l'amour avec et il se sert de nous pour lui refiler ses messages. C'est un type vraiment malheureux.

— Tu le connais ? demanda Pat.

— Je commence à le connaître, je crois. Ce n'est pas un mauvais gars. Il aurait aimé être ébéniste, travailler le bois, pas les mots. La littérature est son malheur et seules les femmes parviennent à le consoler.

— C'est un joli nom, Stéphanie.

— Oui. En effet. Elle est à lui ce que je suis à toi quand je te sors de l'hôpital.

— Tu es vraiment une femme extraordinaire.

— Tu peux te rasseoir. Il se sert de toi pour lui passer ses messages. Pourquoi la vie ne pourrait pas être simple ? Quel besoin avons-nous d'écrire des romans, de créer des personnages, de fabriquer des histoires ? Pourquoi ne pourrions-nous pas nous satisfaire de ce que nous ne serons jamais ? Quel besoin avons-nous… pouvons-nous avoir de prendre mille et un détours pour dire à une femme qu'on l'aime ? Tant d'art et d'artifices sont déployés pour nous aimer. Et nous ne sommes jamais convaincues. Allons-nous être au monde un jour ? Tu sais, Pat, je t'ai sorti de l'hôpital comme si je venais d'accoucher de toi. Tu n'es pas mon enfant, tu ne seras même pas le père des enfants que j'aurai peut-être un jour, mais tu n'es pas rien. J'ai peut-être l'air conne mais je persiste à croire au bonheur. C'est peut-être con, tout cela, mais il me semble que nous avons droit d'y avoir droit. Ou du moins de l'espérer. Selon toi, nous est-il encore permis d'espérer ? Pourquoi s'acharne-t-on à nous dire que l'espérance est contre nature ? Je la connais, ma nature, il me semble. J'ai de l'espérance plein le ventre, c'est certain. Je ne peux pas me permettre de penser le contraire. La vie, le monde, l'avenir, tout cela qui est tout simple, repose quand même entre mes jambes. Je n'accepterai jamais qu'on fasse du mal à mes enfants, qu'on atténue la conscience que j'ai de mes ovaires. Je refuse d'être prise pour une conne et de produire de la chair à neutrons. Je ne suis pas en révolte. Je me permets simplement d'espérer. Nous avons le droit, maintenant. C'est reconnu, qu'ils nous disent. Tu aimes leur salade ?

Au pluriel, il est féminin...

— C'est drôle, dit Pat. Ton corps parfume toute ma vie.

— Merci, c'est gentil.

— Je ne cherche pas à être gentil, je te parle sincèrement.

— Ah oui ? Ça vous arrive si peu souvent.

— Ne dis pas cela. J'imagine que la peine que vous vous donnez pour nous mettre au monde est rachetée par le plaisir bien éphémère que l'on parvient à vous procurer. C'est pour cela que votre plaisir nous demeure mystérieux. Tu sais, ajouta-t-il, c'est pour vous comme pour nous. Je comprends peu de chose à la vie. Comme j'aimerais que ce soit autrement. Toi, tu as réussi à faire en sorte, en me libérant de cette incarcération... tu as réussi à me remettre au monde. C'est votre spécialité, vous, les femmes. Comment ne pas vous aimer ? Peut-être mal, souvent, je ne sais pas. Il serait mieux d'inscrire votre façon de vous donner dans la Charte des droits et libertés plutôt que de développer des industries pornographique ou militaire. J'ai peur...

— Tu n'as plus rien à craindre, dit Vanessa en posant sa main sur la sienne. Tu dois comprendre que nous avons la responsabilité de refaire le monde. En fait, cette responsabilité nous incombe. Je ne comprends pas grand-chose à la vie. Je sais seulement que j'en fais partie étant donné que mon cœur bat, que je le sens battre... Je ne dis pas qu'il bat pour toi, mais pourquoi refuserait-il de battre pour toi ? Tu sais, Pat, je te trouve sympathique...

— Oui, je sais, mais tu n'as aucune confiance en moi...

— Ne dis pas cela, tu me chagrines. Ce n'est pas parce que je ne te comprends pas que je ne suis pas bien avec toi. Tu sais, la vie n'est pas qu'une simple histoire de compréhension et d'entendement... Je vais aller droit au but.

Pat la regardait sans comprendre. Elle ne lui demandait pourtant pas de comprendre.

— Pat, reprit-elle, je ne vaux pas plus qu'une autre. Pas moins, non plus. Quand je me sens bien avec un homme, j'abolis plusieurs frontières. L'amour qui nous habite, parfois, souvent, nous les femmes, est universel. Cela fait de nous des pacifiques en soi. Ce n'est pas moi qui chercherai l'affrontement, tu sais. Aussi, je t'offre un pacte. Quand nous sortirons d'ici, tu viendras chez moi. Tu y dormiras où tu voudras, cela incluant aussi mon lit et mes bras. Par contre, je ne veux pas que nous discutions. J'aimerais faire silence avec toi.

Pat restait muet, songeur. Il regardait Vanessa et ne la reconnaissait pas. Quelque chose avait changé dans sa coiffure.

— Qu'est-ce que tu as fait à tes cheveux ? lui demanda-t-il. On dirait que tu les a teints avec de l'Accent rouge 6RR.

— Pat, on ne peut rien te cacher mais, dis-moi, que penses-tu de ma proposition ? Ne te défile pas, veux-tu ?

— Ta proposition est honnête, pour une fois, répondit-il.

— Tu ne peux jamais en rater une.

— Je suis perspicace.

— Je sais. On y va ?

— D'ac, dit Pat en se levant.

La terrasse du café était située à l'arrière, dans une petite cour fermée par une haute haie de cèdres. On avait repeint l'escalier menant à l'étage afin qu'il s'intègre mieux au décor et respecte l'atmosphère du café. Pour en cacher la désuétude, une toile aux couleurs du café avait été tendue de haut en bas, cachant entièrement la rampe et les barreaux ainsi que le limon.

Comme le café se trouvait près du cégep, sa clientèle se composait principalement de jeunes gens. La plupart d'entre eux étudiaient les arts, et la propriétaire avait mis les murs du café à la disposition de leurs expositions. Il lui avait fallu plus d'une année pour monter cette jolie clientèle.

Au moment de la rédaction de *La Marie-Captive*, son auteur se rendait à ce café tous les après-midi. C'était la pause qu'il se permettait entre la séance du matin et celle du soir. À l'époque, le café était quasi désert. Deux ou trois jeunes femmes souvent dodues tchattaient sur les sites des dialogues en direct. En dehors d'elles, personne, alors je passais l'après-midi à faire les mots croisés avec la patronne. Je ne lui ai jamais fait la cour. Je sortais d'une épreuve amoureuse si laborieuse, avec une fin si bien fignolée que je ne pouvais concevoir un début de nouvelles relations ; comme si nous avions désiré être certains qu'il n'en resterait rien, le saccage de cette passion avait duré plus de deux infernales années.

— Bon, le voilà encore lancé dans ses passages autobiographiques qui n'intéressent personne, dit Vanessa.

— Tu peux bien conjuguer personne et transformer l'intérêt en pronom indéfinissable. Je vous ferai remarquer que vous aviez choisi de faire silence, de ne pas discuter. Alors qu'est-ce que je fais, moi ? Je reste là à vous regarder ?

— Tu peux te branler, répliqua Vanessa en enlaçant Pat.

— Vous l'aurez voulu.

Quand ils arrivèrent chez Vanessa, celle-ci se plaignit de la chaleur et s'excusa.

— Il reste de la bière dans le frigo. Fais comme chez toi, lança-t-elle à Pat.

Elle revint vêtue d'un t-shirt qui lui descendait à mi-cuisse. Pat était assis sur la causeuse qui constituait le seul fauteuil du salon.

— Je crois que je vais aller prendre une douche, si ça ne te dérange pas, ajouta-t-elle. Je reviens.

Pat regarda autour de lui. Rien ne devait avoir changé depuis la fois où il avait dormi avec elle. Il l'imaginait car il ne se souvenait de rien, si ce n'est de l'odeur de son parfum et du goût de sa bouche et de ce goût de cyprine qu'avait pris le mélange de leurs salives. « Si Sandrine veut coucher avec le prof, c'est son affaire. Elle ne pourra pas me reprocher d'être avec Vanessa, se disait-il. Et puis, tout compte fait, on est mieux ici qu'à l'hôpital et ce n'est pas elle qui m'en aurait sorti aussi rapidement. »

— Ne sois pas injuste envers Sandrine, lança Vanessa.

— Pourquoi dis-tu cela ?

— Je lis dans les pensées. Elle en aurait fait autant que moi pour toi.

— Oui, et elle profite de mon séjour à l'hôpital pour aller avec un autre, répliqua-t-il avec une ironie que seule Vanessa lui avait découverte.

— C'est purement accidentel. Comme nous deux, maintenant.

— Je suis bien d'accord avec toi, lui dit-il en s'approchant d'elle et en la regardant dans les yeux.

Vanessa le regarda aussi et lui sourit. Comme on aurait dit qu'ils allaient s'embrasser, ils s'arrêtèrent.

— Est-ce que tu as des condoms dans ton sac ? demanda-t-elle.

— Aucune importance, le Coumadin qu'on me donne ne me permet que des érections passagères, alors me mettre une tuque sur la tête… Je dormirai sur la causeuse.

— Comme tu es macho ! On en aurait que pour vos érections ?

— Non, se défendit Pat, c'est seulement que… Je ne sais pas mais il me semble…

— Viens, dit-elle en l'entraînant vers la chambre, je ne veux pas discuter avec toi. Je te l'ai dit tantôt. J'aime ta langue et pas seulement quand elle est littéraire.

— Il ne se passe rien, qu'est-ce que tu attends pour sortir ton artillerie narrative ? demanda Vanessa.

— Tu l'auras voulue, cette langue purement littéraire.

Elle l'avait provoqué au-delà de l'inacceptable, de l'innommable. Pat possédait une sourde connaissance des femmes, à la fois caverneuse et dégagée. Il n'exigeait rien d'elles qu'elles ne pouvaient donner, mais n'acceptait rien qu'elles auraient donné à un autre. Idéaliste, il spéculait sur leur jardin secret.

— Tu m'as plu dès la première fois, lui dit Vanessa en s'étendant près de lui.

Pat resta silencieux à la regarder. Ses yeux se dirigèrent vers sa bouche. Vanessa lui sourit délicatement. Les lèvres de Pat effleurèrent les siennes, glissèrent doucement sur sa joue, s'ouvrirent sur son oreille que sa langue titilla sagement. Vanessa laissa échapper un soupir. Pat s'acharna alors sur son oreille et entreprit de lui caresser la hanche. Vanessa ferma les yeux.

— C'est bon, tu sais, lui souffla-t-elle tendrement.

— Au pluriel, « délices » est féminin, dit Pat.

— « Amours » aussi, ajouta-t-elle.

La leçon de narration

— Tu vois, dit Max à Sola, nous n'avons pas d'autre héritage que nos mots. Notre premier rapport à l'autre, c'est la tétée.

— Tu veux dire : la télé ?

— C'est moi, le prof, veux-tu ne pas m'interrompre ! Et il reprit : Nous n'avons pas d'autre héritage que nos mots. Notre premier rapport à l'autre, c'est la télé. Notre monde se fait par la bouche. Nos mots, notre salive… Nous ne dépensons jamais assez de salive pour nos mots. En plus, nous voyons tout en termes économiques. L'homme est un bègue pour l'homme, pour lui et sa condition. C'est la raison pour laquelle l'histoire bafouille tant.

— Le mot « fiction » vient du latin *fingere*, *fictus* qui signifie « feindre » « modeler dans l'argile ». « Fiction » possède le même étymon latin que feignant qui fut interprété par la suite comme « fait néant ». Un fainéant est un être sans courage, un paresseux. Cela est d'autant plus intéressant que « néant » vient du mot « gens » dont l'étymon indo-européen signifiait « engendrer », « naître ».

— Et alors ? demanda Sola.

— Alors, répondit Max, il faut être feignant pour devenir écrivain de fiction d'autant plus que « néant » vient de *ne gentem* qui signifie « pas un être vivant ».

— Et alors ? insista Sola.

— Et alors? répéta Max en élevant la voix. Alors, les personnages ne valent pas plus que leur auteur. C'est cela qu'il faut retenir, tu comprends?

— Oui, répondit Sola.

— Je voulais simplement te mettre en garde contre le monde dans lequel tu t'apprêtes à entrer, ajouta Max. C'est mon métier, je suis payé pour cela. Voilà, la leçon d'aujourd'hui est terminée.

— Merci, c'est papa qui va être content.

La fractale amoureuse

— Pat, c'est Sandrine, dit Vanessa en lui présentant le combiné.

Il se leva, regarda Vanessa en haussant les épaules, lui fit une moue interrogatrice, prit le combiné et dit :

— Oui, salut ! Ça va ?

— Tu ne seras jamais sérieux ! Est-ce que tu te rends compte ?

— Quoi ? Qu'est-ce qu'il y a ? Me rends compte ? Raconte ?

— Que tes calembours sont mineurs ! Ton médecin désire que tu communiques avec lui. C'est quoi, cette histoire de lui foutre un refus de traitement avec toute la chance que tu as eu d'avoir un aussi bon médecin et en sortant de nulle part ? Tu es malade ? s'emporta-t-elle.

— Moi, je considère que je ne le suis plus ou, alors, entre les deux oreilles mais, pour cela, je n'ai pas besoin de médecins.

— Tu as fini de mettre des virgules partout, Pat ? ajouta maternellement Sandrine. Ta santé, ton sang, le docteur a dit que ton INR est trop bas.

— Combien ? Il te l'a dit ?

— Je ne sais pas, je ne me souviens pas.

— Comment, tu ne te souviens pas ? s'exclama-t-il. Et tu viens me dire que tu te préoccupes de ma santé !

— Je regrette mais, pour moi, INR, ça veut dire Institut national de recherches.

— Tu devrais étudier en techniques infirmières plutôt que de perdre ton temps en littérature!

— Qu'est-ce que je dois te répondre? demanda Sandrine avec sincérité.

— Ce que tu veux, il suffit simplement que ta réplique m'ouvre la porte pour dire qu'ici, de la recherche, il ne s'en fait pas.

— Mais ce n'est pas vrai, il se fait de la recherche comme partout ailleurs. Le problème, c'est qu'on ne fait rien avec les résultats.

— Et mon INR, tu peux te souvenir?

— Quatre-vingt-neuf, est-ce que c'est possible?

— Tu confonds révolution médicale et politique, dit Pat. C'est 0,89 pour mon INR, alors.

— C'est bon?

— C'est ce que j'avais quand on m'a hospitalisé. J'appelle mon doc et j'y retourne, s'ils veulent encore de moi, évidemment. Je me trouve vraiment con.

— Je ne te le fais pas dire. Vanessa va bien?

— Laisse, ce n'est pas Vanessa qui importe. Je dois te laisser et appeler immédiatement mon médecin. On se reparle, ça va?

— J'irai te visiter, si tu veux.

— Oui, tu viendras, je dois te laisser. Bye!

Pat posa le combiné et jeta un coup d'œil du côté de Vanessa. Elle lui tournait le dos. Ses cheveux bruns recouvraient la moitié de son dos, et le t-shirt qu'elle portait remontait le long de ses hanches pour laisser entrevoir la ligne la plus subtile des fesses. Celle qui précède leur naissance. Pat était fasciné par ces courbes extéroceptives à la grâce inamissible. Elle posa deux coupes sur la table.

— Et voilà pourquoi nous sommes sur terre! s'exclama-t-il.

— Qu'est-ce qu'il y a? demanda Vanessa.

— Ne fais pas l'innocente, veux-tu, tu as accès au texte, lui lança-t-il à la blague.

— Parfois, je préférerais même ne pas entendre. Ou bien je ne vaux rien, ou la chose est d'une importance capitale.

— Je ne te le fais pas dire. En réalité, j'en suis où j'en étais quand on m'a hospitalisé.

— Je n'ai aucune importance, c'est cela ?

— Non, je lui disais cela pour m'en débarrasser. Tu ne comprends pas que si je ne retourne pas à l'hôpital immédiatement, je risque une rechute, je ne sais même pas si les caillots sont dissous. D'ailleurs, je ressens des pincements dans le mollet, avoua-t-il.

Vanessa se dirigea vers le réfrigérateur et en sortit une bouteille qu'elle posa sur la table près des flûtes.

— Et pourquoi es-tu sur terre ? lui demanda-t-elle.

— Tu veux dire : à cause de quoi, répliqua Pat.

Vanessa lui sourit, lui mit les coupes dans les mains et l'entraîna vers la chambre. Pat la suivait en regardant ses fesses.

— C'est une grande faveur dont je veux que tu profites avant ton incarcération, lui dit-elle en se jetant sur le lit.

— Tu sais, lui avoua-t-il, tantôt j'étais captivé par la naissance de tes fesses. Je ne sais ce qui m'a retenu de ne pas aller les embrasser.

— Tu aurais dû, tu as tous les droits aujourd'hui, déclara Vanessa en débouchant la bouteille de champagne.

— Tous les droits ? demanda Pat, incrédule.

— Pat, je t'ai sorti de prison, alors…

— Est-ce que tu… ? laissa-t-il échapper en prenant la coupe qu'elle lui tendait. Est-ce que… ? Tu sais… ?

— Quoi ?

— Je ne sais pas…

— Vas-y, insista-t-elle en se versant du champagne à son tour.

— Tu sais, lâcha Pat, c'est par-derrière que j'ai les meilleurs orgasmes.

— C'est tout ? s'étonna-t-elle.

— Oui, toi, ça ne te dérange pas ?

— Au contraire. J'aime beaucoup cette position, j'aime vous sentir aller et venir à satisfaction. Tu sais, quand je suis bien cambrée, le pénis de l'homme atteint mon point G et je n'ai pas besoin de me caresser le clitoris pour avoir un orgasme. Et puis, je sais que j'ai un très beau cul. Nous buvons à quoi ?

— On boit à toi et à ton cul, dit Pat en frappant son verre contre le sien. Ton incomparable cul.

Il ne croyait jamais si bien dire. Après les longs préliminaires d'usage, arrosés de champagne, Vanessa, qui s'était bien promis de le choyer, monta sur lui. Pat ne savait plus où donner de la tête ni des mains. Sa bouche allait d'un mamelon à l'autre que ses mains conciliatrices tentaient de réunir quand elles ne parcouraient pas follement la taille et les hanches pour s'emparer d'abord avec fébrilité puis frénétiquement de ses fesses. Alors, Vanessa rythmait lentement la cadence en se concentrant sur ses mains qui s'amusaient ardemment d'un sein à l'autre en s'attardant sur leur frontière. Soudainement, Pat délaissa complètement la poitrine, glissa d'un côté de Vanessa pour admirer sa croupe allant et venant sur lui. Le spectacle lui fut fatal. D'un coup, il l'enlaça et l'embrassa, la serra contre lui et se retira d'elle. Vanessa ne changea pas de position. Pat, les yeux pleins d'eau, admira la divine croupe qu'elle lui offrait. Ses mains effleurèrent d'abord les cuisses puis, en les posant sur les fesses, comme s'il allait commettre un sacrilège, il remercia Dieu d'avoir mis tant de beauté en ce monde. Dieu le lui rendit et lui permit de la pénétrer. Alors, le monde aurait pu crouler sous ses pieds ; il avait la bénédiction du père. Autorisation divine en poche, il allait et venait en elle quand, médusé, il se retira pour la couvrir de baisers et replonger en elle.

La première lune du solstice était ronde et sa pâleur envahissait encore la pièce ; les marées marquaient des amplitudes exemplaires pendant que Pat et Vanessa approchaient de la naissance des soleils. Alors, dans sa lente détermination entropique, l'immense chaos originel s'empara d'eux. Ils furent, l'espace d'un instant, réconciliés au cosmos. L'univers entier chamboula, des milliers d'années-lumière traversèrent leur gène, la marche de l'univers se retrouva dans Pat lancé vers Vanessa. Le monde se refaisait et l'histoire se réinventait comme à l'occasion de toute fractale amoureuse.

Il faut encore s'expliquer...

Plusieurs hypothèses narratives peuvent voir le jour. Habitué à écrire des romans érotiques, l'auteur est fier du chapitre précédent car il n'est pas simple de décrire une relation sexuelle en évitant de se répéter. Le sexe est tout ce qu'il nous reste de l'enfance. Enfin, tout ce que nous en acceptons encore, de cette enfance maintes fois reniée. Une relation sexuelle satisfaisante est une relation qui, par l'échange charnel, redonne vie à l'enfant que nous avons été, qu'adulte nous nions, et que nous reconnaissons enfin comme enfant-roi. Le politique est indissociable du sexuel, le sexuel du religieux et ce n'est pas parce que nous trouvons que nos vies n'ont aucun sens, que la vie n'en a pas.

La vie n'attend pas notre permission pour se donner un sens, c'est ce qu'elle dit à toute la culture existentialiste qui jouait avec des graines d'être et de néant. La vie est ailleurs. Et le plus souvent, toujours devant nous. On peut jouer avec toutes sortes de concepts, quand vient le temps de se mettre, on se met. L'homme sur la femme n'est ni plus intelligent ni moins qu'un autre : il est, s'il peut se le dire. Il fait simplement ce qu'il a à faire. Son devoir est de bien le faire. Parce que la femme souffre en nous portant et en nous mettant au monde, son plaisir nous est prioritaire. On peut le nier ; il s'impose à nous dans nos relations avec elles. Dans le rapport au politique, il va sans dire qu'il n'y aura pas de révolution tant et aussi longtemps que son droit au plaisir ne sera pas inscrit dans la Charte.

Pour un coup de pied dans les couilles, j'avoue, c'en est un. Vous allez me dire que les femmes au pouvoir n'ont pas plus l'air mal baisées que les hommes. C'est vrai. Pourquoi mettons-nous un mur de béton entre le sexuel et le politique ? Je vais vous le dire.

Nous craignons le chaos qui préside à notre engendrement. Nous l'acceptons pour nous puisque sans son avènement nous ne serions pas là, mais nous le nions pour le reste de nos jours, exception faite de ces moments où nous le recréons et qui nous réconcilient avec ce qui nous semble être une raison d'être. Ces moments se situent dans ce curieux espace amoureux. Ils sont liés aux sourires et aux grimaces des amants. Là où les hommes reçoivent leur leçon d'humilité. Pat, pour la suite de l'histoire, venait de recevoir la sienne. Il ne s'attendait pas à trouver le point G de Vanessa. Le plaisir inattendu qu'il lui procura lui ouvrit non seulement une fenêtre sur le monde mais aussi sur la vie, sur sa vie. Voilà que, désabusé de tout, il se découvrait une certaine utilité. Quand on a l'impression de ne plus servir à rien, d'être complètement inutile à la vie et qu'on réussit à faire jouir une femme, on se sent un peu moins nul. Cela ne rachète ni l'histoire ni l'humanité, mais pourquoi faudrait-il toujours racheter ce qui demeure invendable ? C'est vrai que les blaireaux changeraient de positions avec les humains, et je n'en suis pas certain. Ils sont très agressifs mais sans plus. J'ignore comment ils se comportent avec leurs femelles. On juge une espèce selon le rapport qu'entretiennent les mâles avec leurs femelles et leur progéniture. Pat découvrait que, parfois, les blaireaux s'en sortaient mieux. Jamais qu'il n'aurait osé le dire et encore moins l'écrire : il n'en pensait pas moins. Mais, blaireaux et humains, il s'en foutait ; soudainement, il pensait à Vanessa à laquelle il n'avait pas beaucoup pensé.

Pour la suite de l'histoire, Pat redevenait amoureux.

Hôtel démérol

— Je crois que je t'aime, dit-il à Vanessa qui l'accompagnait à l'hôpital.

— Tu parles pour mon cul, lui répondit-elle.

— J'aimerais bien, avoua-t-il, mais j'ai l'impression que
c'est plus que ça.

— C'est rare qu'un homme dit cela.

— Normalement, je ne devrais pas te le dire mais
l'auteur a décidé de brouiller le code.

— Il est coquin.

— Oui, d'autant plus qu'il nous fait livrer un peu le
fond de notre pensée.

— Toi aussi, tu es coquin.

— Oui, je sais. Mais ne va pas t'imaginer, comme la
plupart des femmes, que je n'en ai que pour ton cul. J'aime
aussi ton sourire qui me rassure. Et ton regard, aussi.

— C'est gentil.

— Je ne dis pas cela pour être gentil, j'ai l'impression
d'être amoureux… Et je suis toujours mal à l'aise avec
cette impression. Je ne sais pas.

— Pourquoi chercher à savoir ? Tu peux me dire ?

— Je ne sais vraiment pas. C'est simplement plus fort
que moi. C'est au-delà de mes forces, parfois. C'est comme
incontrôlable. Je ne sais vraiment pas. Je pense que je suis
en amour avec toi mais je ne sais vraiment pas pourquoi.
Je n'en connais pas la raison et ça me tue. Tu es une belle

femme, tu me plais beaucoup mais je n'ai aucune raison d'être en amour avec toi. Je n'ai jamais cru en l'amour. Pourquoi je serais plus amoureux de toi que d'une autre, tu peux me le dire ? Parfois, j'ai l'impression que je suis l'homme le plus malheureux du monde.

— À refuser de m'aimer, je crois que tu as raison.

— Ne dis pas cela. Tu me brises le cœur.

— Tu as décidé de te confier ?

— Vanessa, ce n'est pas la question. J'aimerais que ce soit aussi simple que tu le dis. Je ne sais même pas si je t'aime. La question me semble pourtant simple. Est-ce que je veux t'aimer ? Je ne peux même pas y répondre et parce que je ne peux pas, je me sens nul, comme le plus méprisable des êtres. Tu ne peux pas savoir ce que ça représente pour un homme de ne pas savoir comment aimer une femme. C'est le déluge, c'est le cul de Noé, c'est le Neandertal, c'est de la vraie merde. Je me déteste. Simplement parce que je ne sais pas quoi faire de l'amour que je ressens pour toi, je me trouve misérable. C'est comme si je me mentais à moi-même, tu comprends ? C'est comme si je me mettais à faire de la poésie sur tes fesses ou ton cul. On se prive de beaucoup de bienfaits pour faire de la littérature. C'est débile, je crois. Et pourtant, ton sexe est pour moi ce qu'il y a de plus beau au monde. Tu comprends ? Je me sens vraiment nul dans toute cette histoire, d'autant plus que je commence à t'aimer, je pense. Je ne l'ai pas voulu ; cela m'arrive. Mais, cela m'arrivant, je me sens vraiment piteux. Je me déteste. Je ne peux pas arriver à aimer cet homme qui hésite. Je ne peux pas approuver l'homme que je suis qui hésite tant à aimer une femme. Tu vois dans quel effroyable dilemme je suis. Ne va pas penser que nous faisons de la littérature impunément. Tout se paie au seul prix de nos vies. Nous n'avons rien d'autre et on voudrait tant aimer. On voudrait, on voudrait… Nos vœux sont-ils autre chose que des aveux d'impuissance ? Quelle misère ! Pourquoi tout cela ne pourrait-il pas être simple ?

— Couche-toi, lui dit Vanessa. Il faut que tu te reposes. Madame, lança-t-elle à l'infirmière, je crois qu'il souffre à nouveau, que sa jambe le fait souffrir. Faudrait lui donner du démérol, vous ne pensez pas ?

— Ce sont les femmes qui le font souffrir parce qu'il en a fait souffrir une pour venir au monde.

— Vous avez toujours la réplique pertinente et, en plus, vous me soignez, répondit Pat.

— C'est mon métier, vous savez. Je n'avais qu'à ne pas en faire une vocation. Mais cela est impossible. Nous aimons nos patients parce que c'est tout ce que nous avons. Eux, leurs souffrances et leur vie menacée. Et puis, nous savons qui va mourir et qui va s'en sortir. Certains s'imaginent que nous parlons au diable. Non, nous ne faisons pas de sorcellerie. C'est le métier le plus difficile du monde parce que nous finissons toujours par nous attacher aux pires moribonds. Vous, votre santé, ne m'inquiète pas. Nous sommes plus indulgentes avec les mourants. J'imagine que ce n'est pas facile de quitter la vie quand c'est toujours tout ce que nous avons. Notre métier nous impose la compassion. Mais cette compassion ne nous est pas enseignée. Nous la portons en nous. On ne choisit rien. Parlons-nous à Dieu ou à diable ? Nous n'écoutons que notre compassion. Nous combattons la souffrance en sachant qu'elle triomphe toujours. Nous traînons vos agonies jusque dans nos lits. Je ne comprends pas comment on peut faire cela durant toute sa vie. On nous croit insensibles, on nous dit endurcies. Dieu, s'il fallait dire notre révolte ! Je dois vérifier vos signes vitaux, l'informa-t-elle en lui passant le brassard. Ce qui caractérise la jeunesse, aujourd'hui, c'est que les alertes météorologiques la laissent indifférente.

— Pourquoi dites-vous cela ? demanda Pat.

— Je ne sais pas, on nous prévoit de gros orages. C'est inquiétant et, en même temps, un peu ridicule. Nous avons toujours fait face aux orages quand ils se présentaient. Pourquoi aller au-devant des coups ?

— C'est beau, ce que vous dites, dit Vanessa.

— Je crois que nous avons un problème de société, ajouta Pat.

— Elle est infirmière, pas sociologue, souligna Vanessa.

— Votre pression est correcte, mettez la pointe du thermomètre sous votre langue.

— C'est bien, approuva Vanessa, il va devoir faire silence.

— Hum, hum, fit Pat ironiquement.

— Vous savez, lança Vanessa, je crois parfois que c'est encore un enfant.

Pat secouait la tête pour nier tout en gardant ridiculement le thermomètre dans sa bouche. *La Chambre* de Leloup jouait. Vanessa fredonna :

— *Devrais-je partir ou bien rester, devrais-je enfin tout laisser tomber...*

— Votre température est normale, annonça l'infirmière en retirant le thermomètre.

— Reste, dit Pat. Donne-moi la main. Il m'arrive d'avoir peur, de manquer de confiance en moi. On me suppose toujours plus fort que je ne suis. Donne-moi la main. Je ne te demande pas d'avoir pitié. Je veux simplement que tu me tiennes la main, comme ça, simplement, pour ce que je suis ou ne suis pas. Comme je voudrais être ailleurs. Je me sens prisonnier dans toute cette histoire.

— Je t'ai amené une fois hors d'ici, répondit Vanessa en prenant sa main, et tu es revenu te livrer. Je te ramènerai autant de fois que tu le voudras, là où tu voudras. Je ne crains pas le monde. Il ne me fait pas peur, ce monde. Je ne le prends simplement pas au sérieux. Tu sais, je sais qu'il est à refaire mais personne ne sait par où commencer. On ne doit pas se laisser décourager. On n'a pas le droit. C'est pour cela, j'imagine, que nous faisons encore des enfants. Tu dois guérir, d'abord, et puis après on verra. Peut-être que nous deux, nous aurons une merveilleuse histoire d'amour, encore plus si nous la gardons pour nous.

— Tu ne sembles pas comprendre comme je me sens impuissant à t'aimer. Je me déteste. Tu t'occupes de moi comme Sandrine n'a jamais pu le faire, ne l'a jamais fait. Je n'ai rien à lui reprocher. On ne doit rien attendre de l'autre. Je découvre simplement autre chose. Est-ce que tu peux tirer le rideau, le soleil m'empêche de te voir ?

— Tu crains la lumière, mon petit. Mais je te comprends.

— Ne dis pas cela. Tu es méchante. Excuse-moi. Je me sens comme en prison, sauf que tu es là. Et la lumière te donne une beauté que je ne connaissais pas. Mets-toi à ma place. Non… oublie ce que je viens de dire…

— Je ne peux pas, c'est écrit, là, juste au-dessus.

— Allons-nous sortir vivants d'ici ?

— Calme-toi, je suis là pour m'occuper de toi. Curieusement, je ne sais pas pourquoi mais je ne suis pas prête à oublier tes caresses.

— Mais je ne veux pas que tu les oublies. Elles étaient peut-être malhabiles mais elles étaient sincères. Je peux être malhabile mais je suis sincère. Les baisers que je t'ai donnés n'ont pas été volés. Voilà.

Vanessa mit sa main sur son front et le caressa comme un enfant. L'infirmière se retira. Elle savait qu'elle n'avait pas affaire à un mourant. Elle savait qu'il n'était qu'un personnage de roman que l'auteur prenait tant en affection qu'il ne le ferait pas mourir. L'auteur aurait bien aimé recréer le mythe d'Adam et Ève. Tout auteur qu'on puisse être, on ne peut rien contre les mythes originels. Vanessa prit la main de Pat et la posa dans sa chevelure. Pat s'effondra et se mit à pleurer.

— Ne pleure pas, mon amour, lui dit-elle, un peu décontenancée.

— Laisse-moi pleurer, ce n'est pas ma faute. J'ai simplement l'impression de ne pas mériter ta bonté. Je me sens coupable de ton amour pour moi. J'ai l'impression de n'être jamais à la hauteur de tes bienfaits. Je dois te dire un secret…

— Vas-y, je crois que je t'aime et je ne sais pas plus que toi pourquoi.

— Je démissionne, je ne veux plus chercher à savoir. Je crois qu'il y a d'autres valeurs. Ton amour qui me semble inconditionnel révolutionne ma vie. Le monde, maintenant, ne peut plus être le même. Tu comprends ?

Vanessa lui caressa tendrement le front. Pat saisit sa main et la mit sur sa poitrine.

— Je ne peux plus accepter la vie telle que je l'ai connue. Je ne sais pas ce que tu m'as fait mais je dois le constater impuissant, d'ailleurs. Je suis obligé de te donner raison. Vous avez d'autant plus raison que vous ne cherchez pas à avoir raison, je pense. Je ne comprendrai jamais votre sexe. Je sais seulement que là, hospitalisé, je me retrouve entre vos mains et je suis bien forcé de vous donner raison. Allez-vous parvenir à instaurer votre raison dans l'histoire, comme dirait Hegel ? J'imagine que si Kant t'avait connue, toute la face de la philosophie occidentale aurait été changée. Pourquoi ta tendresse n'aurait pas pu changer la face du monde comme on dit du nez de Cléopâtre ? Tu te rends compte ? Je suis le plus heureux des hommes, simplement parce que tu t'occupes de moi. Je ne sais même pas si je le mérite. Tu es là au moment où j'ai besoin de toi. J'ai l'impression que tu m'aimes sans contrepartie et cela suffit à racheter ma vie, il me semble.

— Calme-toi, tu dois te reposer. Pat, ne doute plus jamais de mon amour pour toi. Remets tout en question mais jamais l'amour que j'ai pour toi. Je ne l'ai pas plus cherché que toi, cet amour. J'imagine qu'il était là puisqu'il nous est tombé dessus. Nous n'avons rien demandé, il me semble. Il ne faut pas chercher de responsable. Je ne sais pas comment te dire. Au-delà des petits personnages de roman que nous sommes, il y a l'amour maintenant qui nous unit.

— Tu te rends compte de ce que tu dis ? Tout cela peut changer la suite de l'histoire.

— Je sais, ce n'est pas grave. Nous, les femmes, adorons rire. Et je ne sais pas pourquoi mais tu me fais rire et je trouve que c'est bien ainsi. C'est pour cela que je t'aime, tu vois. Tu me fais rire dans tout ce que tu fais. Je te trouve beau même dans tes pires maladresses. Tu n'as pas à te sentir coupable de ne pas savoir aimer une femme. Il n'y a pas un homme au monde qui le sait. Vous pataugez mais vous nous faites rire. Nous ne gardons que le souvenir du plaisir bien éphémère que vous nous procurez. Vous n'êtes pas pitoyables pour autant. Vous êtes drôles, c'est tout.

— Tu veux ma mort ? lui lança Pat.

— Non, ce n'est pas cela. Je vous trouve simplement naïfs.

— Tu parles comme une femme de quarante-sept ans et tu n'en as que vingt.

— Notre histoire est inscrite dans nos gènes. Nous la traînons avec nous. Elle circule dans nos veines. Nous accouchons de vous et parfois notre souffrance nous désespère… Nous désespérons de cette souffrance. Le jour où nous cesserons de croire en vous, vous n'aurez plus voix au chapitre.

Le téléphone sonna. Pat décrocha.

— Oui, dit-il, je serai sur pied dans une semaine. Ne m'oublie pas.

— Je t'en reparlerai, répondit-il devant le regard interrogateur de Vanessa.

La raison de Vanessa

— Pat fait bien l'amour? demanda Sandrine.

— Je n'embarque pas dans ton jeu, lui répondit Vanessa.

Elles se regardèrent dans les yeux. Sandrine fut la première à détourner le regard.

— Je suis amoureuse de Pat, ce n'est pas pareil, lança Vanessa.

— Amoureuse, comme ça, subitement? dit son amie.

— Je l'ai rencontré deux jours après toi et ça ne fait que six mois. Qu'es-tu allée faire à Québec, pauvre toi?

— Je ne sais pas. C'est l'auteur qui a décidé de m'y envoyer pour, j'imagine, qu'il se passe quelque chose entre Pat et toi.

— Mais pourquoi Québec? Tu n'y connais personne, s'étonna Vanessa.

— Parce qu'il aime la ville et je crois que c'est parce qu'il y a perdu une amie. Oui, c'est ça. Ça me revient de l'interview. Son dernier roman devait s'appeler *La Marie-Captive* et il devait y avoir en page couverture la reproduction d'une toile de cette amie. Je crois qu'il a dit qu'elle s'appelait Diane, il attendait la diapositive. Elle devait la lui faire parvenir mais il ne la recevait pas. Février passa et pas de toile. Mars arriva, il apprit qu'elle était très malade. L'éditeur, tout comme lui, s'impatientait. À une semaine du lancement qui avait lieu le lundi suivant, tout le matériel était entre les mains de l'imprimeur sauf la fameuse illustration de la page de couverture. On ne pouvait plus attendre. Il dut choisir une autre illustration et changer le titre. Le mercredi, il apprenait que son amie avait été emportée par le cancer le vendredi d'avant. Tu vois le genre, termina Sandrine.

— Ce n'est pas drôle, dit Vanessa.

— Ce n'est rien, l'amie à qui le roman est dédié se meurt aussi d'un cancer au moment où il écrit ces lignes.

— Si on revenait à nos moutons, dit Sandrine, après un moment de silence.

— Je crois qu'il serait malvenu de se disputer, souligna Vanessa.

— Oui, tu as raison.

Ils sont comment au lit, les intellectuels?

— Tu ne trouves pas cela ironique? dit Max.

— Quoi? demanda Sandrine.

— Tu rencontres Pat et dors avec lui et, deux jours plus tard, c'est Vanessa qui dort avec lui. Je rencontre Vanessa, nous dormons ensemble et, deux jours plus tard, c'est nous qui dormons ensemble. Vanessa tombe amoureuse de Pat, me dis-tu, et toi? Oh, c'est vrai, dit-il en regardant sa montre, j'ai un cours avec Sola dans trois heures.

— Est-ce que tu as couché avec elle? demanda Sandrine.

— Je ne couche jamais avec mes étudiantes, tu le sais! répondit Max.

— Et Vanessa, alors?

— Ce n'est pas la même chose.

— Ah oui, tu as des principes ou tu n'en as pas.

— J'en ai mais, l'été, ils sont plus facilement malléables.

— Que tu es lâche! lança Sandrine, amère.

— Ne dis pas cela. La session achevait et Vanessa me plaisait. Les intellectuels ressentent toujours le besoin de plaire aux femmes. Je ne sais pas pourquoi.

— On croirait entendre l'auteur!

— C'est lui qui me le fait dire, après tout.

— Oui, mais tu es un personnage autonome, non?

— Pas tout à fait... Toi, tu te considères parfaitement libre d'aller où tu veux, de faire ce que tu veux quand tu le veux, de dire ce que tu veux quand tu le veux à qui tu le veux ?

— Je ne parle pas de liberté, fit Sandrine, je parle d'autonomie.

— Oui, mais dans le cas qui nous intéresse, nous devons parler de liberté, il me semble. Oui, l'autonomie est un droit, alors que la liberté est un état. Ici, nous pouvons tout revendiquer, on nous l'accordera ou pas. On obtient un droit à force de revendications et d'opiniâtreté. La liberté, ça ne se revendique pas, ça se prend à mesure qu'on la fait germer en soi. C'est comme l'auteur, il ne voit pas comment on peut revendiquer le droit d'écrire si on n'est pas libre. « Ce n'est pas de défaut que meurt le livre, mais d'excès », écrivait Lucien Sfez dans *Le monde diplomatique*. Tu sais que « liberté » est de la famille de « livrer » et « autonomie » de celle de « nomade ». La liberté exige la délivrance alors que l'autonomie règle le partage des ressources.

— C'est très intéressant un cours de philo au lit, dit-elle ironiquement.

— Oui, répliqua Max, cela devrait être recommandé pour tous les couples. On commence par régler les problèmes du monde, ensuite on s'attaque aux siens. Un couple qui arrive à faire cela est sûrement une couple heureux. Cela est évidemment purement idéaliste, le totalitarisme technologique est si subtil. Les couples regardent comment les journalistes refont le monde, font l'amour et s'endorment, ou s'endorment sans faire l'amour. Entre-temps, on leur a vendu une auto neuve, une nouvelle marque de bière, une moulinette électronique ou un parti politique. Dans tous les cas, on les a utilisés pour maintenir un ordre social climatisé comme les voitures qui les conduisent au boulot, et on a exalté en eux l'utopie technologique en arrosant cela d'une bonne bière froide pour leur faire oublier l'indigence des pays chauds. Quant aux partis politiques, il n'est pas nécessaire d'en parler.

— Tu me fais rire mais je crois que tu as raison, déclara

Sandrine en se retournant vers lui et en passant son bras le long de son torse.

Tous les deux étaient recouverts d'un léger drap qui leur arrivait à la taille. Le ventilateur du plafond agitait calmement l'air, et une brise subtile les rafraîchissait.

— Est-ce que c'est le même drap que… quand tu as couché avec Vanessa ? demanda-t-elle en relevant sa tête qu'elle appuya sur la paume de sa main.

Elle le regardait dans les yeux, attendant une réponse.

— Pourquoi ? demanda Max.

— Pour rien, je ne sais pas, c'est seulement que…

Et comme elle se taisait, il lança :

— Tu sais bien que je lave mes draps chaque fois que j'en mets une dehors.

— C'est tout ce que tu penses de nous ? dit-elle en se laissant tomber sur le dos.

— Ce n'est pas vrai, tu sais bien. Quand un homme reçoit une femme dans son lit pour la première fois, il lave toujours ses draps. Ça lui en donne au moins l'occasion. Je ne voudrais pas voir la literie d'un homme qui n'accueille jamais de femme dans son lit…

— Tu es un joli farceur, fit Sandrine en se relevant et en se penchant sur lui.

— Un intello-farceur, répliqua-t-il en la tirant vers lui.

— On dit que les intellectuels ne sont pas terribles au lit.

— Ce n'est pas parce qu'on hésite à en parler qu'on hésite à le faire, répondit-il en constatant un début d'érection.

Faut savoir faire semblant...

L'auteur écrit en temps réel. Aujourd'hui, il est triste. L'amie dont il a été question et qui était à l'hôpital est morte.

— Pourquoi la mort de ton amie te rend triste au point de nous oublier? demandent les personnages.

— Je ne sais pas. Je crois que sa mort me confisque tout espace narratif.

— Tu étais en amour avec elle?

— Elle n'exigeait rien de moi qu'une présence occasionnelle qu'elle traduisait en une loyauté sans bornes. Les deux lui étaient acquis.

— Oui, mais étais-tu en amour avec elle? reprennent en chœur les personnages.

— Je demeure toujours amoureux des femmes que j'ai aimées. Mais je vois que la mort vous impose un respect que je ne vous connaissais pas. Si nous récapitulions?

— Ne te défile pas. Il faut faire face à ce chapitre.

— Je sais... Ce n'est pas facile quand on sait que les mots ne parviendront jamais à ramener la vie. Je désespère du texte. Parfois, j'ai l'impression que l'alphabet défile devant moi et que je n'ai qu'à tirer, comme dans les foires, pour abattre les lettres une à une. Les A tombent, puis les B, et ainsi de suite jusqu'à Z. Le monde s'effondre. Les mots me labourent et me déracinent. Ils creusent au-delà de ma réalité, me pénètrent et ne me convainquent pas.

J'écris dans un vide inscrit dans mes gènes. Ma mémoire se fracasse. Je delirium-poussière. J'essaie d'inventer une suite à une fin. J'ai confiance en l'humanité. Je m'agenouille quand je vais au marché et me prosterne devant tout banquier. Je suis un chien et reconnais l'importance de la liberté d'expression quand on peut tout dire. J'éclate de tous mes vaisseaux. On épuise même ma révolte. On me tue à petit feu. *Lali lala lali lala la liberté d'expression...* Et la démocratie, quand on tripote mes gènes sans mon consentement... À quoi me demande-t-on de croire ? En mes personnages, bien sûr.

— Tu nous reviens enfin.

— À vous et à vos histoires de couchettes... Oui.

— Mais c'est tout ce que nous avons, tout ce que nous pouvons léguer.

— C'est déjà ça

— Mais nous voulons vivre, lancent-ils en chœur.

— D'ac, répond l'auteur. Continuons comme si de rien n'était.

Des organismes génétiquement modifiés

— Vois-tu, dit Max, je suis ici pour t'apprendre les règles du jeu. Et tu peux me prêter bien des intentions que je n'ai jamais eues et n'aurai jamais en interprétant à ta guise mon utilisation du mot «jeu». Nous venons d'entrer dans l'espace narratif dont il est impossible de transgresser les règles et, quand je parle de règles, je ne parle pas des tiennes.

— Qu'est-ce que tu veux dire? demanda Sola.

— Je m'exprime peut-être mal mais je veux dire qu'il faut dissocier l'information de la communication. Ces deux notions sont aussi opposées que peuvent l'être le sexe et l'amour. L'information se fait souvent sans communication, alors que la communication indépendamment de sa qualité quand elle est effective contient inévitablement de l'information.

— Tu n'as rien inventé, lui lança Sola.

— Que veux-tu dire?

— C'est assez simple. Il peut y avoir du sexe sans que l'amour soit mis à contribution au-delà du rationnel comme il peut y avoir de l'information, genre... dans le même sens.

— Tu m'épates.

— Tu trouves vraiment?

— J'aimerais quand même que tu t'expliques.

— C'est assez simple. Il peut y avoir de l'information sans communication mais jamais le contraire, genre, pas de communication sans information, non?

— Alors qu'il pourrait y avoir de l'information sans communication?

— Oui, c'est toujours comme cela que ça se passe. C'est pareil avec certains hommes.

— Tu peux expliquer cette information pour la transformer en communication, s'il te plaît?

— Je ne parlais pas pour toi, je ne te connais pas.

— Pendant que j'y pense, je préférerais que tu te déplaces pour le prochain cours.

— Tu me diras où tu habites. Je crois que c'est près du cégep mais je n'ai pas ton adresse. Je sais seulement que ta chambre est mansardée, comme ont dit certaines étudiantes.

— Tiens, tiens… Et qu'ont-elles dit d'autre? demanda-t-il.

— Oh, rien, fit Sola. Tu es très connu des étudiantes, je crois qu'elles t'aiment autant…

Comme elle hésitait, Max l'invita à terminer sa phrase.

— … autant que tu les aimes, finit-elle par dire.

— C'est un fait indéniable, mais je ne le fais jamais avec une étudiante qui est en cours avec moi.

— Et la Vanessa qui était avec toi l'autre jour.

— C'est l'exception qui confirme la règle, répondit-il. Et la session achevait et cela ne s'applique pas pour les sessions d'été. Mais jamais, durant les sesssions d'automne et d'hiver, je n'ai dérogé à cette règle, tu comprends? Je sais qu'on raconte toutes sortes de choses sur mon compte. Vraies ou fausses, cela m'importe un peu. Je sais que cela agace certaines collègues et frustre certaines étudiantes… Je n'accepterai jamais qu'on me reproche d'aimer la femme et de ressasser sans cesse le mystère qu'elle représente à mes yeux. D'aucuns me reprochent d'aimer les femmes plus jeunes que moi, beaucoup plus jeunes que moi, ne manquent-ils pas d'ajouter. C'est ma faute si je les trouve mille fois plus intéressantes que leurs mères qui ont mon âge.

— Je ne te reproche rien, précisa Sola.

— Je sais mais laisse-moi tout de même terminer. Le féminisme que vous portez en vous, celui qui se dégage de vos personnes, n'est pas animé par un militantisme aveugle et n'est pas empreint d'une frustration vindicative, il me semble. On dirait qu'une révolution génétique s'est produite.

— C'est possible.

— Non, c'est simplement probable.

— Car il y a une différence?

— Fondamentale. «Possible» renvoie à ce qu'on peut faire et «probable» à ce qu'on peut prouver.

— Tu as quelque chose à prouver? lança-t-elle.

— Qu'est-ce que tu veux dire? Je n'ai rien à prouver sinon ma propre existence, à prouver à moi-même, tu comprends. Si coucher avec toi me persuade de ma propre existence, je n'hésiterai pas. Un homme doit continuellement se convaincre qu'il est en vie, bien en vie. Je ne sais pas si on se sert de vous, mais comme vous nous mettez au monde, vous constituez une sérieuse référence. C'est ce mystère aussi que vous transportez avec vous. Je n'aime pas le terme mais je n'en vois pas d'autres. Car c'est plus qu'une question de transport. Et pourtant, ce n'est qu'une question de transport. Avec vous, après nous avoir portés, vous nous transportez dans le monde. Vous nous faites changer de place, vous nous faites traverser votre entre-jambe pour nous lancer dans le monde. Comprenez qu'on tienne tant à y retourner.

— Je te sens malheureux.

— Et pourtant, je ne le suis pas. Je ne suis pas heureux non plus. Je ne crois pas au bonheur. Je crois au bien-être et au mal-être. Les gens diront ce qu'ils veulent, il y a beaucoup plus de tendresse que de sexe dans ma mansarde. Cela me rend heureux. La tendresse me procure du bonheur. Pas toi? Le monde n'est pas en noir et blanc. Je ne suis pas une queue sur deux jambes. J'ai tout le reste. Foie, cœur, poumon et une tête.

— Ça va, Max, pourquoi n'irions-nous pas terminer la leçon chez toi ? proposa Sola. Une étudiante m'a dit que tes meilleurs cours se donnaient dans la mansarde.

— Tu es vraiment un OGM, lança Max.

— Merci, répondit Sola.

Puis le rideau tomba. Les spectateurs applaudirent. Les cinq comédiens saluèrent l'assistance en se tenant par la main puis disparurent.

Le plaidoyer de l'auteur

— La pièce est aussi bonne que le roman, dit Vanessa alors qu'ils quittaient la salle de représentation.

— Je n'ai pas lu le roman, répondit Pat en la prenant par le cou et en l'embrassant.

— Serais-tu amoureux ? demanda-t-elle en le fixant dans les yeux. Je ne t'ai jamais vu ainsi.

— Je n'ai jamais été amoureux de toi avant, c'est pour ça. C'est nouveau pour moi.

— Veux-tu dire que tu n'as jamais été amoureux avant moi ?

— Je ne sais pas, fit-il en marchant et en tenant maintenant Vanessa par la taille. À chaque fois, j'ai l'impression que je le suis mais cette impression ne dure jamais plus de trois mois. Regarde avec Sandrine. Tout beau, au début, puis on aménage ensemble et plus rien. Je brûle des étapes. Je veux aller trop rapidement au fond des choses et, à chaque fois, les réalités m'échappent puis les êtres que je suppose en faire partie. Quand cela arrive, c'est la réalité même que je remets en question. C'est un exercice suicidaire, tu comprends ? Alors, je m'accroche moi aussi à cette autre qui est une femme.

— Toi aussi ? demanda Vanessa, surprise.

— Max vient de dire quelque chose de semblable dans le chapitre précédent. On dirait qu'il n'y a qu'un seul personnage et les femmes qu'il voudrait avoir, à moins que ce ne soit la femme unique qui les représenterait toutes.

— Il s'agit peut-être d'un roman autobiographique.

— Je ne sais pas, je ne crois pas à l'autobiographie qu'on oppose à la fiction. Tout est fiction, en fait. La mémoire et l'imagination qui sont les moteurs de tout récit. L'imagination déforme les souvenirs qu'elle réorganise en pure fiction.

— Tu n'as jamais pensé à enseigner? lui dit-elle. Avec ta maîtrise, tu pourrais enseigner au cégep.

— J'ai déjà accepté de donner quelques cours. Avec les étudiants, ça allait. Par contre, la relation avec plusieurs de mes collègues... Il y a trop de suffisance dans ce système qui s'avère de plus en plus conformiste. Le problème, c'est que la conformimité n'est toujours définie que par les éléments les plus réactionnaires, les professeurs les plus insécures, tu vois?

— On entre prendre une bière? demanda-t-elle comme ils passaient devant le petit café situé près du cégep.

— D'ac, fit Pat.

Au seuil de la porte, il invita Vanessa à passer devant lui. Ainsi, au-delà de la courtoisie, il lui laissait choisir la table qu'ils occuperaient. Comme elle se dirigea vers la terrasse, sur laquelle Sandrine était assise, elle dut décider s'ils s'assiéraient ou non à sa table.

Sandrine n'avait pu assister à la représentation car elle avait travaillé jusqu'à vingt et une heures trente. Le rideau était tombé à vingt-deux heures précises. Elle était seule à sa table et attendait Max.

— Salut, lui dit Vanessa, tu vas bien? Est-ce qu'on s'assoit avec toi?

— Si vous voulez, répondit Sandrine, j'attends Max.

— Il a été très bien, ce soir. Sola aussi, d'ailleurs, fit Vanessa.

Pat regarda Sandrine sans dire un mot. Il semblait un

peu mal à l'aise. Vanessa tira la chaise qui se trouvait devant Sandrine, et Pat s'installa à ses côtés.

— Vous allez bien ? demanda cette dernière.

— Oui, dit Vanessa dont le sourire et le regard dissimulaient mal qu'elle était amoureuse.

— Et toi, Pat, ça va ?

— Oui, ça va mieux. Apportez-moi une bière en fût, dit-il à la serveuse qui venait de se pointer à leur table.

— Et ta jambe ?

— Vanessa s'en occupe, répondit-il sèchement en fixant Sandrine dans les yeux.

— Et la pièce ?

— Max est très bon, on voit qu'il a de l'expérience, répondit Vanessa.

— Et les autres ?

— Sola est très bien aussi, dit Pat.

Pat n'avait pas terminé sa phrase que Max et Sola apparaissaient dans l'embrasure de la porte. En les apercevant, ils s'arrêtèrent et les saluèrent. Puis ils se dirigèrent vers leur table.

— Tu as été superbe, il semblerait, lança Sandrine à l'intention de Max qui venait de s'asseoir à ses côtés.

Comme Sola restait là, immobile, Pat se leva et lui offrit sa place. En l'acceptant, elle se trouvait assise en face de Max et à côté de Vanessa. Sandrine ne disait rien. Pat alla chercher une autre chaise et vint s'asseoir au bout de la table. Il avait Max à sa droite et Sola à sa gauche.

— Vous vous connaissez ? demanda Sandrine à Pat et à Max.

— On se connaît de vue, répondit Max.

— Oui, fit Pat, je l'ai vu jouer, tantôt.

— Il joue peut-être toujours, dit Sandrine.

Max, en fronçant les sourcils, la regarda sans rien dire. La serveuse arriva avec cinq bières qu'elle disposa sur la table.

— C'est de la part du monsieur, assis sur le divan près du foyer, dit la serveuse.

107

— On l'invite à notre table, lança Vanessa en se levant.

Comme les autres ne disaient rien, elle entra dans le café et se rendit près de l'homme en question. À sa demande, celui-ci acquiesça, prit son sac et la suivit. À la table, Pat s'était levé pour ajouter une autre chaise, juste en face de lui.

— Bonsoir, leur dit l'homme. Je crois que nous n'avons pas besoin de présentation.

À ce bout de la table, il se retrouvait avec Sandrine à sa gauche et Vanessa à sa droite.

— Tu fais de la fiction depuis longtemps ? demanda Vanessa.

— Depuis toujours, il me semble, répondit l'homme sans regarder personne. À votre santé, dit-il en levant son verre.

— Tes droits d'auteur doivent te rapporter beaucoup pour que tu puisses payer à boire à tes personnages ? lança Pat à la blague.

— Pat, dit l'homme, dis-toi que chaque bière que je vous offre, je la paie et je la bois. C'est l'avantage du monde de la fiction. Tout acte de générosité nous est immédiatement rendu. Il ne suffit pas d'avoir un don pour écrire, il faut faire don. C'est une entreprise basée sur le don. Il n'y a rien de plus gratuit que la fiction, après tout.

— Oh ! s'exclama Vanessa, regardez la lune comme elle est belle.

Ceux qui lui faisaient face levèrent la tête et les autres se retournèrent. Ne la voyant pas de l'endroit où il se trouvait, Max dut s'étirer le cou et se lever de sa chaise pour l'apercevoir. La lune était apparue soudainement au-dessus du mur et l'on voyait distinctement la queue du nuage qui avait éclipsé sa lente et fière montée. Ce soir-là, on la trouva admirable.

— Elle est splendide, dis-je.

Elle brillait comme une lune de solstice que bien des générations n'ont jamais l'occasion de voir.

— C'est la lune d'août ou de septembre ? demanda Sola.

La question n'était pas bête. À minuit, ce serait le 1ᵉʳ septembre. La lune éclairait maintenant la murale qui représentait une femme du siècle précédent tenant des fruits dans ses bras. Il s'agissait d'une reproduction d'une affiche de Mucha.

— Elle éclaire bien la murale, vous ne trouvez pas ?

— Quelle murale ? dirent les personnages.

— Ah ! c'est vrai, vous ne pouvez pas la voir ! Nous ne sommes que le 1ᵉʳ septembre et l'idée ne germera, dans la tête de la propriétaire du café, qu'au mois d'octobre. En fait, cette idée, elle l'a depuis un an mais elle attend d'avoir les sous. Le jeune peintre qui a illustré la page couverture du roman attend actuellement une réponse de la propriétaire. Si elle accepte sa soumission, vous verrez la murale que je vois.

— C'est aussi simple que cela ? demandèrent les personnages.

— Quand vous parlez tous en chœur, le récit m'est facile, car vous perdez votre individualité, votre spécificité. Au moment où je vous parle nous sommes en février 2000. Je voyage dans le temps. Je fabrique votre avenir *à coups redoublés de passé* ; c'est le tissu de mon présent. Le jeune peintre et moi prévoyons faire le lancement de mon roman en même temps que le vernissage de son exposition.

— Nous sommes invités ? lança Sola.

— Oui, mais vous ne pourrez pas être là, répondis-je.

— Pourquoi ? demandèrent-ils en chœur.

— Vous n'existerez pas avant la lecture du roman. Et comme ce sera le lancement, vous ne serez là que dans la mesure où un lecteur ou une lectrice, qui ne connaît personne et s'ennuie, ouvrira le roman. Alors, elle ou lui, ouvrant le livre, vous fera vivre. Là, celui ou celle sur qui le lecteur sera tombé commencera à faire partie d'une réalité. Si personne n'ouvre le roman, aucun de vous n'aura d'existence réelle ou même fictionnelle. Mais une existence qu'elle soit réelle ou fictionnelle, c'est une existence et c'est mieux que rien. Nous rêvons tous de vivre une multitude d'existences. Si nous les rêvons, ces existences n'en sont pas moins réelles, puisqu'elles font partie d'une réalité qui est nos rêves. Le rêve fait partie de la réalité, maintenant.

— Et l'histoire ? fit Max.

— Elle va se poursuivre jusqu'à sa fin, répondis-je.

— La fin de l'histoire ? demanda Pat.

— Je ne sais pas si nous pouvons parler de la fin de l'histoire. En fait, nous n'avons pas le droit de démissionner en ce qui concerne le devenir historique. Moi, je ne peux pas. Pourquoi écrirais-je des romans, alors ? Et dites-moi ce que je ferais si je n'écrivais pas de romans ? Je me suiciderais, dis-je en pesant chaque syllabe. Ou je partirais en voyage. Je partirais sur une île déserte avec la femme que j'aime, le seul être qui me demeurerait supportable. J'écris des romans pour oublier cette vie, pour refaire un monde qui soit un peu moins misérable. Je crée des personnages pour me distraire au sens littéral du terme de ceux que je côtoie chaque jour. L'écriture est cette île déserte où je me réfugie à l'abri d'un monde qui m'échappe totalement. L'écriture n'est qu'un aveu d'impuissance devant un monde inconciliable.

Les personnages ne disaient rien. Qu'auraient-ils eu à dire ? me demandez-vous. Ils auraient pu dire ce que vous auriez aimé entendre. Ils auraient pu dire le contraire de ce que vous auriez voulu entendre. Y a-t-il une frontière entre aimer et vouloir ? Oui, celle du contraire qui se situe dans le partage de l'amour et de la volonté.

— Que veux-tu dire ? demandèrent les personnages.

— Je veux dire que la notion de partage est fondée sur celle du don et qu'on ne jouera pas les Krishnamurti ni les Gibran, ici.

— Je suis bien d'accord, dit Pat.

— Moi aussi, ajouta Max.

— Et si tu nous parlais de Thibeault, lança Sola.

— C'est une femme exceptionnelle mais je ne peux vous en dire plus. Ce n'est pas un personnage, elle est bien

110

réelle. Selon elle, nous serions en amour l'un de l'autre. Je n'arrive pas à la contredire là-dessus, alors je lui donne raison. Forcément !

— Et la scène de sexe ? demanda Vanessa.

— Vous l'écrirez à ma place. Thibeault est à cinq cents kilomètres de moi. Si nous étions la nuit et qu'elle était là à dormir pendant que j'écris, vous y auriez certainement droit. J'imaginerais tout ce que je lui ferais à son réveil. Vous l'auriez, la scène, car mon désir d'elle s'intensifierait au rythme du texte qui se développerait à ses côtés. L'écriture est une entreprise de séduction. À son réveil, mon message serait sans équivoque. Elle lirait le texte et découvrirait mes désirs, mes intentions en même temps que le fond d'une pensée sans équivoque. Le sexe demeure un lieu de grand consensus entre les êtres. Recevoir les caresses de l'autre comme un don maintient le caractère surnaturel encore possible du rapport à l'autre. Aujourd'hui, ici maintenant, faire l'amour, c'est nier le système. Voilà pourquoi il y a tant de méprise en ce monde. La négation du système est encore possible, ce qui exclut la fin de l'histoire. Les fonctionnaires n'ont pas encore trouvé le moyen d'entrer dans la chambre à coucher. Ils cherchent toujours. Ils possèdent toutes les informations sur les citoyens, mais ne savent pas à quelle fréquence ils baisent et avec quelle intensité ils nient le système. Ils ne peuvent les empêcher de faire l'amour. Ils ne peuvent pas sans provoquer une révolution. Un fonctionnaire sincère n'est qu'un eunuque qui gère l'impuissance. Ils veulent simplement trouver un moyen de taxer cette intime activité afin de justifier le salaire d'autres fonctionnaires. Quant à la baise, on ne peut leur parler de sensualité sans provoquer un rire jaune. Ce sont des castrés dans l'âme. Ils n'ont que l'État en tête et la grande sécurité qu'il leur procure. Ils se méfient de l'autre jusque dans leur lit et traînent leurs angoisses jusque dans leurs maigres orgasmes. Ils rêvent d'ordre jusque dans leurs rapports dits sexuels. Ce sont des croyants ! Voilà.

— Tu ne sembles pas aimer les fonctionnaires, dit Sandrine.

— Je ne sais pas. Je me méfie d'eux comme de nouveaux curés. Ce sont des sous-produits du socialisme qui ont accepté les règles du capitalisme. Ils réglementent nos activités, supervisent nos vies et entachent notre conscience en nous persuadant que sans eux ce serait l'anarchie.

— As-tu l'intention, pour la suite de l'histoire, l'intention de nous donner la parole? demanda Sandrine.

— Allez-y gaiement.

Sandrine, la femme sensée

Je ne sais pas. J'ai parfois l'impression de ne pas avoir été correcte avec Pat. En fait, je crois que je n'ai jamais accepté qu'il aille avec Vanessa après m'avoir connue. Je n'ai rien d'exceptionnel. Je suis une femme sans intérêt, il me semble. Je n'ai rien à dire de plus qu'une autre.

Je n'accepte pas que l'homme que je commence à aimer couche avec ma meilleure amie. En fait, il a carrément coupé le souffle à mon amour pour lui. J'aurais aimé l'aimer mais tout cela m'en a rendue incapable.

Je ne suis pas en amour avec Max et peut-être ai-je voulu me venger de Vanessa en couchant avec lui. Une femme sensée ne tombe pas en amour avec un homme comme lui. Il aime trop les femmes pour n'en aimer qu'une seule.

Si ce n'était que de moi, la suite de l'histoire serait assez simple. Je continuerais de fréquenter Max jusqu'à ce qu'il se lasse de moi. Il va sans dire qu'il finira par obtenir ce qu'il veut de Sola. C'est une belle fille et je la trouve moins conne depuis que je la connais mieux. Je ne l'ai pas vue jouer. On m'a dit qu'elle est bonne comédienne.

Je crois que je n'ai jamais été en amour avec qui que ce soit. J'ignore si cela transparaît dans le personnage que j'incarne. J'imagine que oui et cela me gène. Je n'accepte pas d'être un personnage féminin qui n'a jamais été en amour. C'est vrai, je suis encore très jeune et j'ai bien le temps. Il n'en demeure pas moins que ça me manque. J'aimerais aimer sans contrepartie ; c'est cela, l'amour. Je ne sais pas ce que l'auteur me réserve mais je trouve mon personnage un peu moche. Je ne suis pas allée avec Max pour me venger de Vanessa. J'y suis allée par frivolité mais c'est un type un peu frivole.

Je ne sais vraiment pas comment pourra se terminer cette histoire. C'est quand même une belle histoire qui nous distrait, au sens premier du terme, des téléromans. Ne serait-ce que pour la raison que les personnages ont voix au chapitre. C'est déjà beaucoup. Maintenant que j'ai la parole, je pourrais diriger l'histoire comme bon me semble. Je ne sais pas. Probablement que Pat n'aurait jamais couché avec Vanessa et que nous serions encore ensemble. Et mon amitié pour Vanessa jamais n'aurait été affectée. C'est encore mon amie mais vous avez dû sentir qu'il y a un froid entre nous. C'est normal. Je lui reprocherai toujours d'être allée avec Pat malgré moi. C'est comme si elle m'avait dit que je ne valais rien à ses yeux. Je n'aime pas cela. Je ne suis pas grand-chose mais qu'on me le souligne ainsi, c'est inacceptable. Et peut-être que je me fais du mauvais sang pour rien. Je crois qu'ils sont amoureux l'un de l'autre et Pat a peut-être été sur ma route pour rencontrer l'amour mais pas avec moi. Pat est peut-être en amour pour la première fois de sa vie. Cela me rend heureuse quand je pense que cela ne m'est encore jamais arrivé. C'est ainsi. Je n'ai jamais été en amour comme toutes celles qui le sont m'en parlent. Je ne sais pas ce qu'est l'amour. Je le cherche, je pense. Je n'y crois pas assez fort, j'imagine. Je ne sais pas. Il n'y a pas d'équilibre. L'un se donne parfois plus intensément que l'autre et se lasse à la fin de tant donner et de ne rien recevoir. Et peut-être qu'il n'y a pas de calcul. L'amour serait hors arithmétique.

C'est curieux, tout cela. Je croyais être en amour avec Pat, au début. Non, je ne l'ai jamais été, je crois. La vie est un long soliloque que je voudrais briser. J'aimerais apprendre à me taire. Je n'ai rien dit à Pat pour qu'il m'aime.

Je ne le regrette pas, je n'étais pas prête. J'espère quand même qu'un jour je rencontrerai un homme qui me fera revivre simplement en me regardant. Et s'il me fait rire, en plus, je crois que je l'aimerai.

Vas-y, Pat

Il ne faut surtout pas croire que je me prends au sérieux. J'aime la vie mais je trouve son organisation un peu moche, déficiente. J'ai beaucoup d'affinités avec l'auteur. Je suis peut-être son double, qui sait ? Je suis en amour avec Vanessa. J'espère seulement que ça puisse durer. C'est drôle. Au début, elle ne me disait rien qui vaille mais je suis tombé malade et elle s'est occupée de moi. J'ai toujours pensé que je n'en valais pas la peine. Je mérite au moins une infirmière particulière. En plus, je suis à l'aise quand je fais l'amour avec elle. Je ne sais pas. Nous ne savons jamais. En fait, nous ne sommes sûrs de rien. Ça, nous pouvons être sûrs de cela. Ce serait le doute cartésien, méthodique.

Je dois me mettre dans mon personnage. Oublier que je suis dans *le sale pays des sans-cœurs, le sale pays des losers*. Non, je regrette mais je ne peux penser autrement que ce que je pense. Je demeure mal à l'aise avec les femmes, les femmes que j'ai aimées… Comment aimer une femme convenablement sans donner un pays à la progéniture qui découle de notre relation avec elle ?

La parthénogenèse ! *You're a frog…* Je ne sais pas. Par contre, je sais que j'aurais aimé avoir un pays autre que celui qu'on m'impose assez imbécilement. Depuis plus de trente ans, le Canada choisit un premier ministre qui vient du Québec. Celui-ci se doit souvent d'être un pleutre ou

117

un arrogant, mais dans les deux cas il se doit d'être son valet. Dans ces deux cas, il doit aller contre la volonté d'une Assemblée nationale souvent déconfite. C'est ridicule. Si ce peuple en est un, c'est certainement par défaut. Et quand il ne sait plus où aller, il clique sur ANNULER. Je ne vote pas, j'annule. Je ne me souviens pas, j'annule. Je ne bosse pas, j'annule. Je ne noce pas non plus, j'annule. Je fais partie de l'environnement Windows. Je suis une fenêtre ouverte sur le monde et je ne contrôle pas mon imagination ou mon immigration, je ne sais plus. J'annule et je m'allume une autre ogive.

Et Max...

Je crois que je ne serais rien sans les femmes. C'est vrai
que je ne serais même pas là. Non, pour moi, la femme
représente quelque chose d'exceptionnel. Il le faut. Je ne
me verrais pas passer ma vie seulement avec des hommes.
À part les quelques rares amis que j'ai, je les évite pour ne
pas les insulter. Car souvent, dans les bars de quartier,
j'écœure des travailleurs d'usine. Plusieurs d'entre eux,
disait un ami, ne sont que des abrutis. Beaucoup sont suf-
fisants mais il y a quelques rebelles intéressants. Un ami
d'enfance qui travaille, depuis vingt-trois ans, à l'usine
Good Year avait été affecté à des travaux légers. On lui
demanda de repeindre une machine.

Par deux fois il a demandé à son contremaître s'il devait la peinturer en entier. À deux reprises, ce dernier a
répondu affirmativement. Mon ami a alors repeint la machine en entier. Il a peinturé les cylindres, les cadrans, les
boutons du panneau de contrôle ; toute la machine.

On l'a suspendu pour une semaine. Il a déposé une
plainte. Le jour de son retour, vu qu'il devait rencontrer
un universitaire, comme il disait, je lui ai prêté un t-shirt à
l'effigie du Che. Le diplômé en relations industrielles le
connaissait. Mon ami espère que ses patrons le mettront
en retraite anticipée. Je crois qu'ils vont y songer sérieuse-
ment, car il constitue un très mauvais exemple pour les
autres. L'an dernier, ils ont embauché une soixantaine de

nouveaux travailleurs et nouvelles travailleuses. Deux jours de tests et d'entrevues avec le double de candidats dont ils avaient besoin. Ces cent vingt candidats avaient une chance sur deux. Ce n'est pas une sélection dite naturelle. On va chercher l'individu ponctuel, travailleur et docile. Le monde de l'usine est aussi conservateur que celui de l'éducation. Nous sommes en train de faire de la *culture de shop*, une culture généralisée et exportable. Non, je blague. Nous aurons une magnifique bibliothèque nationale dont la directrice a les mêmes initiales que Borgès. Comment espérer devenir un écrivain reconnu sans habiter cet Outremont qui déborde sur le Plateau ? Comment ? Que faire quand la bibliothèque du cégep envoie cinq mille livres au recyclage ? C'est la culture de l'ignorance.

Le plaisir de Vanessa

Il faut penser aux choses pratiques. Sandrine n'ira jamais avec Max et elle ne regrette pas Pat. Moi, j'ai envie de poser les vraies questions. Où il s'en va, ce roman ? L'auteur nous laisse la parole pour mieux parler de lui, je crois. Moi, je ne l'accepte pas. Pat et moi devons aller vivre ensemble. Que fait-on de nos appartements respectifs ? Pat et moi devrions vivre ensemble. Comment allons-nous nous organiser ? Ce qui me fascine chez Pat, c'est qu'il est entier. Quand il m'a embrassée entre les jambes, il est revenu me regarder dans les yeux pour me dire que c'était ce qu'il y avait de plus beau au monde. « Ton cul et ton regard, qu'il m'a dit, je ne pourrai jamais les oublier. » Je crois que c'était sa façon de me dire qu'il m'aimait. Oui, quand un homme associe la tête, le regard et le sourire d'une femme à ses fesses et son sexe, c'est qu'il est en amour avec elle. Il ne s'abandonne pas autrement et il n'y a rien de plus beau qu'un homme qui s'abandonne dans vos bras.

Ils sont comme des enfants, les enfants qu'on a eus, qu'on peut avoir, qu'on n'aura jamais, ils sont là dans nos bras, nos grands hommes. Quand ils s'abandonnent au plaisir de la chair, ils sont mignons. Quand Pat s'est laissé aller à la reconnaissance de mes charmes, il a découvert la vie, je crois. Il n'était plus le même après. Je ne le reconnaissais pas ; je le découvrais enfin. Il était tout attendri par les caresses qu'il m'avait prodiguées. Je crois qu'il ne s'attendait pas à trouver l'amour. Moi, je ne l'ai pas cherché. Il ne me disait rien qui vaille, ce Pat. Je l'ai toujours trouvé rigolo mais fainéant. J'adore sa paresse quand il l'exerce sur mon corps. Il m'a fait entrer dans le monde de l'indolence. Avant lui, je ne connaissais pas ce lieu. Après quelques baisers, bien des caresses, il m'a fait oublier toutes mes souffrances. Il m'a rachetée au monde. Je ne peux pas ne pas l'aimer. Je me suis livrée à lui et il s'est livré à moi. C'est un enfant et je le perçois comme le mien. Je l'aime. C'est drôle. Il m'a créé une auréole de sensibilité que je ne me connaissais pas. La vie ne nous demande jamais notre avis. Ça va. Je ne lui demanderai jamais son avis. Je commence à l'aimer et je crois bien que je l'aime. Nous tentons de refaire le monde et nous le referons. Le monde est à refaire. On ne peut pas l'accepter tel qu'il est. Moi, je ne l'accepte pas. Pour sauvegarder mon amour, je vois bien que je dois le remettre en question. C'est comme si le monde niait mon amour pour lui. Mais je n'ai rien d'autre que de l'amour à donner et à recevoir. Pourquoi vivre sans cela ? Dites-le-moi. Je refuse de sacrifier ma vie, genre, pour un système à la con. J'aime faire l'amour avec Pat et je sais que ce n'est pas avec lui que je me fais baiser. Il ne m'aime pas pour mon corps social. Je le sens. Il ne me caresse pas comme il le fait, avec autant d'innocence et de sincérité, sans être subjugué par mes charmes. Pour une femme, c'est le plus beau bouquet. Dites-moi si les fleurs déposées sur mon corps à coups redoublés de baisers ne me sont pas plus chères que celles que je recevrais par la poste ou par Internet. Moi, je ne fais pas de pipes. Par contre, je n'interdis jamais à un homme de m'embrasser partout. Mais je n'accepte pas que Pat m'embrasse les orteils. Il aurait aimé mais je suis chatouilleuse. Il est subjugué par mes charmes. C'est un beau bouquet pour une femme ; dormir sous les fleurs sans avoir rendu l'âme. Juste la conscience de s'abandonner au plaisir. D'être aimée ou de se sentir comme telle. Cela est irremplaçable. Pat est cassé comme un clou mais il n'y a pas un banquier

qui pourrait me procurer cela. Ses baisers sont non mon-
nayables malgré la mondialisation de la bêtise. On ne peut
pas les encaisser autrement que comme ils se présentent. Il
les dépose par unité. Un à un sur tout mon corps. On
dirait qu'il les pèse un après l'autre. Il les laisse tomber
comme des lapsus. Je fais partie de son inconscient, je
m'en rends compte, maintenant. Comment cela a commencé? D'abord, il avait des manières d'enfant sage. Je
me donnais à lui sans culpabilité. C'était bon. Je ne suis
pas une salope. J'aime être aimée et je le dis sans sourciller.
Personne n'est à la hauteur de ses convictions, cela, je le
sais; aussi, j'essaie d'être à la hauteur de mes sentiments.
À ce niveau, je sais au moins m'abandonner. J'ignore ce
qui a pu se passer avec Pat. Dieu, qu'il semble m'aimer. Il
est comme un enfant sur moi. Il patauge sur mon corps et
me fait du bien. C'est incroyable. On dirait qu'il aime pour
la première fois. Moi, j'aime. Il a commencé par s'intéres-
ser à mes seins. On aurait dit qu'il découvrait des seins
pour la première fois de sa vie. Cela est pourtant impossible, il me semble. Sa mère a dû le nourrir. Non, il tourne
tout en dérision mais il ne méprise pas. Je ne pensais vraiment pas tomber en amour avec lui. Il est si attendrissant.
Il me donne des remords. Je l'aime, cet homme. Quand un
homme met sa langue entre les fesses d'une femme, c'est
parce qu'il l'aime un peu, il me semble. Lui, il me l'a fait. Je
pense que quand un homme fait ce genre de choses, c'est
qu'il nous aime beaucoup. Il doit nous aimer au-delà des
odeurs qu'on dégage. C'est une grande preuve d'amour, je
crois. Quand Pat met sa langue dans mon cul, il nie toute
l'institution littéraire québécoise. Il confirme la femme
dans ce qu'elle a de très reconnaissable. Il privilégie mon
corps à son verbe. C'est ainsi que le verbe se fait chair. Il
m'a dit qu'il préfère mon corps à tous les mots. Pour lui,
mon corps contient plus d'informations que tous les dic-
tionnaires. C'est comme si je représentais l'ensemble des
connaissances. J'aime quand il m'aime. Il est comme un
enfant sur moi. On dirait qu'il n'a jamais vu une femme de

sa vie. Entre mes seins… je n'ai jamais vu un homme se perdre ainsi entre mes seins. Il va d'un à l'autre comme un enfant affamé. Je crois que mes charmes le nourrissent. Il est beau, attendrissant. Jamais un homme ne m'a parlé comme lui de mon nombril. Il confère à mon ventre quelque chose de sacré. Il me le caresse avec admiration, émerveillement. Il est comme un enfant. C'est cela la beauté ; c'est la tendresse… et ce n'est pas tout d'avoir un beau cul… Encore faut-il savoir quoi faire avec ! Je lui ai donné le mien et il m'a laissé le sien. Je ne comprends rien. Qu'est-ce que tu ne comprends pas, Vanessa ? Comment vas-tu nous tirer de cette histoire ?

— Ce ne sont pas les ratés qui manquent, dans cette histoire. Sans nécessairement parler directement de sexe, je voudrais quand même qu'il soit inscrit que Pat m'a bien fait jouir. Sinon, s'il faut voter, j'exprimerai ma dissidence. Je revendique le droit au plaisir. Je pense que nous refaisons le monde quand nous faisons bien l'amour. Ce n'est inscrit nulle part ailleurs que sur mon corps. Il m'a laissé les marques de sa tendresse d'abord dans le cou puis sur les fesses. Quand il m'embrasse le sexe, il est comme un enfant perdu. Il me dit sans cesse : « C'est ce qu'il y a de plus beau au monde. » Il parle de ce sur quoi je m'assois, sans « e » contrairement à ce que pense un des profs de cégep de Stéphanie.
— La Thibeault ?
— Oui, car, dans la tête de l'auteur, je lui sers d'alibi. Il ne sait pas parler aux femmes, alors il leur écrit des romans. C'est un voluptueux. Il aime faire durer le plaisir. Les femmes l'aiment. Lui, il est en amour avec la Thibeault. Il se sert de moi pour lui dire qu'il l'aime. Si ce n'est pas de l'autobiographie, dites-moi ce que c'est ? J'ai couché avec l'auteur. Il n'y a plus d'équivoque. Je suis la Thibeault qu'il a dans sa tête. Ce connard est en amour. Moi, ça me donne un beau rôle. Je ne me suis jamais fait manger comme cela. Ce Pat, avec sa langue, il a pénétré tous mes

orifices. Il a fait de moi une vedette porno tout en douceur. Pas un endroit de mon corps qui n'ait été visité par sa langue, sa grande tête chercheuse, comme il dit. La deuxième fois, il a entrepris de trouver mon point G. Il l'avait au bout du doigt. J'ai bien joui et je ne revendique pas que le droit à l'orgasme soit inscrit dans la Charte. Je le prends.

La place de Sola

Personne ne le sait, mais j'ai couché avec Max. Oui, nous n'en avons jamais parlé à qui que ce soit. En fait, j'ai deux enfants de lui et je suis une monoparentale sur l'assistance sociale. Mon père est millionnaire, il reconnaît mes jumeaux, ce sont ses petits-enfants, après tout. Il paie pour mes cours mais je sens que c'est pour se débarrasser de moi. J'ai un drôle d'œdipe. Parfois, je crois que j'ai l'œdipe plus marxiste que freudien. Je suis un personnage professionnel. Il faut que je vous explique. Je viens d'un roman que vous n'avez pas lu. Ce n'est pas grave. L'auriez-vous lu que vous n'auriez pas compris. C'est une blague, je n'ai pas le droit d'être aussi professionnelle que cela. Il faut me comprendre. Je suis une très belle femme. Je suis aussi une vue de l'esprit. Pour bien comprendre ce que je dis, il faut passer au chapitre suivant dans lequel l'auteur dévoile son amour pour la Thibeault.

Nous sommes le 8 mars 2000 ?

Ici, il sera difficile de départager la réalité et la fiction. La Thibeault existe réellement. Elle est même tout près de moi. Actuellement, elle travaille à monter un dossier journalistique. Elle est venue passer la semaine de relâche chez moi. Elle est arrivée dimanche et nous avons passé les deux premiers jours au lit à parler de notre installation montréalaise.

Nous nous sommes rencontrés par l'intermédiaire du réseau Internet dans un des salons de tchatte de Caramail qui est situé en France.

— Elle habite à quel endroit? demanda Sandrine.

— Au lac Saint-Jean, répondis-je. Elle termine son cégep cette année.

— Elle est beaucoup plus jeune que toi, fit remarquer Vanessa.

— Tous ceux qui apprennent que nous sommes ensemble le disent, en effet. Elle s'en vient à Montréal l'été prochain.

— Alors, chers personnages, en l'honneur du 8 mars, je vais parler de Thibeault. Par contre, je vous demanderai de ne pas m'interrompre. D'accord?

— D'ac, répondirent-ils tous en chœur.

— Je vous en sais gré, leur dis-je. Alors, voilà...

« C'est une jeune femme courageuse qui n'est jamais impolie mais ne cache jamais ce qu'elle pense. Elle a de la détermination à revendre. Elle ne se laisse jamais marcher sur les pieds. Enfant, si elle était espiègle et grimpait aux arbres — d'après ce qu'elle m'a raconté —, adolescente, elle était une meneuse et une boute-en-train. Aujourd'hui, elle est tout cela avec, en plus de son immense honnêteté, la détermination dont je viens de parler. La détermination qui s'appuie sur l'honnêteté devient la garantie d'une grande générosité. Elle possède donc une bonté exemplaire qui instruit une beauté toujours renouvelée.

« Hier, elle était nue sur le lit, couchée sur le ventre, une jambe légèrement repliée. Elle se reposait pendant que je rêvassais à ma table de travail. Je regardais son corps tout en rondeurs. Son fameux chignon avec ses cheveux frisés qui montent en broussaille, son bras qui rejoint l'épaule pour tracer l'excitante courbe de l'aisselle qui, toute en lignes et en plis, va chuter sur le galbe d'un généreux sein. Le dos ivoirin qui, descendant vers la hanche, crée une première fronce, puis une seconde plus invitante à la rencontre du ventre et de la jambe. On la dirait sortie tout droit d'une toile de Boucher. Elle m'entend souvent dire, au cours de nos échanges de tendresse, qu'il n'y a rien de plus beau et de plus mystérieux au monde que la femme et ses fascinants charmes. Et je lui prouve mon assertion. Pour les avoir observés souvent dans différents lieux, je crois que je dis la vérité en ce qui concerne les nombreux charmes de la femme. Voilà ! »

Après quelques instants, leur ébahissement passé, ils applaudirent puis portèrent un toast au roman dans lequel ils se trouvaient entraîner.

— Merci, dit l'auteur, mais j'aimerais attirer votre attention sur la continuelle et inéluctable suite de l'histoire. Les lecteurs et les lectrices adorent les récits. Tout lecteur exige qu'on lui raconte une histoire. Autoritaire, il l'exige. Insistant, il le réclame. Attristé, il l'implore. Alors, une fois qu'il a le récit entre les mains, il le contrôle aléatoirement et il en fait ce qu'il veut. On ne peut jamais négliger le lecteur. C'est lui qui, après tout, fabrique l'histoire.

Il s'arrêta et sortit de son sac une pile de plus de cent feuillets qu'il posa sur la table.

— Comme vous pouvez le constater, dit-il en leur montrant la dernière page du manuscrit, ce roman n'est pas terminé ; les lecteurs et les lectrices s'attendent à une conclusion que nous avons le devoir de leur livrer.

Il s'interrompit quelques instants encore, les regarda l'un après l'autre et leur dit :

— Je vous ramène tous au 8 mars 2000, au même temps que moi, au temps réel d'aujourd'hui, et je voudrais savoir ce qui s'est passé durant ces six mois. Le temps ne peut être contourné, ni annulé ni anéanti. Le temps est tout ce que nous avons. Le temps, c'est Dieu. Anéantir le temps, c'est abolir l'homme.

— Et les personnages, s'exclamèrent-ils.

— Alors, dit Max, on attend que le temps passe ou on livre la suite immédiatement.

— Ce n'est pas si simple, répondit l'auteur, je n'ai pas encore trouvé la suite.

— Ce n'est pas grave, lui lança Max, un sourire en coin. Ma prochaine leçon de narration avec Sola, ajouta-t-il en la montrant, porte justement sur diverses hypothèses concernant le récit actuel.

— Vas-y, alors ! s'exclama l'auteur.

— Oui, firent en chœur les autres personnages.

Encore une leçon de narration !

Sola était assise à la table de cuisine. Un cendrier était posé sur un livre et en cachait le titre ainsi que le nom de l'auteur. En haut, on pouvait lire : « Bibliothèque des IDÉES » et en bas, « Éditions Gallimard ». Le cendrier laissait à découvert les lettres NRF. Max s'approcha de la table et y posa deux tasses. Il revint immédiatement verser le café. La leçon allait commencer. Il s'alluma une cigarette.

— C'est une maison d'édition québécoise ? demanda Sola.

— Non, ici, l'équivalent, c'est Boréal, répondit Max.

— Ah oui ? fit-elle, étonnée.

— Tu connais cette maison ? demanda le professeur.

— Non, mais ça fait bien dans une conversation.

— Bon, revenons à notre sujet. Voilà, nous en étions à cette histoire qui pouvait laisser entrevoir plusieurs issus. Il y a d'abord eu les trois hypothèses narratives. On voit que l'une l'a emporté sur les deux autres. En éliminant d'emblée l'hypothèse de la rencontre amicale, qui n'est en fait qu'une caricature, il nous restait celle du fantasme de Max, moi en l'occurrence, et celle du déclenchement des hostilités entre Vanessa et Sandrine. Cette hypothèse de la montée d'animosité entre les deux femmes éliminait celle du fantasme de Max. Cela va de soi, il me semble. Il ne restait plus alors qu'une seule hypothèse pour la suite du récit et c'était celle des contrastes conflictuels.

Max s'interrompit pour demander à Sola si, jusque-là, elle avait tout compris. Elle répondit affirmativement.

— Selon Sandrine, Max et toi devriez coucher ensemble. Tu me suis ?

— Oui et non, car c'est toi Max. Non ?

— Oui, mais j'essaie de brouiller les pistes, je ne peux pas y aller directement. Et d'ailleurs, c'est Sandrine qui prévoit cela pour la suite du roman.

— Mais, toi, qu'est-ce que tu en penses ? demanda Sola.

— Nous verrons plus tard, nous devons d'abord regarder les autres hypothèses probables. Pat et moi n'en proposons aucune, alors que Vanessa veut aller vivre avec Pat.

Sola prit sa tasse, but et fit la grimace. Max s'en aperçut mais continua.

— Quant à toi, Sola, je suis forcé de te couler. Ton hypothèse selon laquelle tu aurais deux enfants de moi et que nous l'aurions caché au monde entier et que tu serais monoparentale… tout cela ne tient pas, ne cadre pas dans ce roman et encore moins au moment où tu l'amènes. Le reste, ça va, ton père est millionnaire et tu es très belle. Tu dois sûrement plaire beaucoup aux hommes… Moi, tu me plais.

— Merci. Ce n'était pas censé être du café, ce que tu m'as servi ? demanda-t-elle.

— Si, je me suis trompé de récipient. En fait…

— Tu penses à l'hypothèse de Sandrine.

— Oui et au cours qui se donne actuellement chez moi. C'est pour cela que j'ai mis du vin dans les tasses comme d'autres en mettent dans leur eau ou le contraire… Enfin, à la tienne, lança-t-il en levant sa tasse.

— J'y avais pensé, tu sais, dit Sola en frappant sa tasse contre la sienne.

— Tes leçons de narration te profitent.

— Je sais lire entre les lignes.

— C'est justement la raison d'être de ces leçons : lire entre les lignes, dit Max en insistant sur chaque syllabe.

Max servit du vin, cette fois-ci dans des coupes. Puis il entraîna Sola dans la fameuse mansarde. Ils firent l'amour lentement : ils découvraient leur corps pour la première fois. Après l'amour, Max alluma une cigarette.

— Est-ce que tu as joui ? demanda-t-il.

— En ces matières, Max, dit Sola, il faut aussi savoir lire entre les lignes.

Le procès

Le jour de la rentrée, Vanessa et Sandrine se croisèrent dans le corridor souterrain du collège.

— Salut, ma grande ! dit Sandrine. Ça va bien avec Pat ?

— Oui, c'est l'amour fou. Je ne croyais pas pouvoir tomber en amour avec un type qui porte des lunettes, répondit Vanessa.

— Pourquoi ?

— Parce que, pour une scène anodine à venir, Pat doit porter des lunettes.

— Oui, mais il en porte au début du roman, il les échappe par terre, fit remarquer Sandrine.

— Oui, mais cela vient seulement d'être rajouté et c'était pour nous dire que les verres étaient en plastique.

— Ah bon. Tu sais qui j'ai vu sortir de chez Max ? Sola. Tu viens prendre un café ?

Le café était rempli d'étudiants et d'étudiantes de première et de deuxième année. Un incessant bourdonnement parfois légèrement saccadé gorgeait l'atmosphère et, à voir s'affairer les étudiants, on devinait qu'ils comparaient les propositions des nouveaux cours qui les attendaient. Les étudiants de deuxième mettaient ceux de première en garde contre tel ou tel professeur. « Le cours est bon, il peut être intéressant, mais si un tel le donne, ça ne vaut plus rien. » « Ce cours-là est poche mais le prof est excellent, heureusement. »

Il ne restait sur la terrasse qu'une seule table libre, Sandrine et Vanessa la prirent. Les deux serveuses allaient et venaient, s'arrêtaient à une table, étaient appelées ici, demandées là, passaient au comptoir chercher les consommations, revenaient aux tables, puis repartaient vers le comptoir. C'était la cohue des rentrées collégiales. Certains étudiants ne s'étaient pas vus depuis mai. D'autres, plus rares, comme Sandrine et Vanessa, ne s'étaient pas quittés de l'été.

— Regarde qui arrive, dit Sandrine pendant que la serveuse posait leurs cafés devant elles.

Max et Sola se tenaient dans l'embrasure des portes coulissantes vitrées qui séparaient la terrasse du reste du café. Il scrutait du regard les différentes tables à la recherche de places libres. Soudainement, Sola aperçut les deux amies, donna un coup de coude à Max et les lui montra du regard.

— On s'assoit avec elles, proposa Sola en l'entraînant vers leur table où, une fois rendue, elle demanda la permission de se joindre à elles.

Sandrine et Vanessa acquiescèrent cordialement et les invitèrent de la main en indiquant les deux places libres. Max semblait tirer sa chaise à contrecœur en fixant tour à tour Sandrine et Vanessa. Après s'être assis, il fixa ses doigts qu'il avait croisés et leva la tête pour chercher la serveuse. Celle-ci lui fit signe qu'elle l'avait vu. Alors, il sortit une cigarette et l'alluma.

— Tu donnais un cours, aujourd'hui ? lui demanda Sandrine.

— Non. Je devais simplement passer à mon bureau, répondit Max.

— Je parlais d'un cours privé, précisa Sandrine. Ils se donnent maintenant chez toi.

— C'est plus pratique, dit Sola. C'est plus près du cégep et je dois m'y rendre chaque jour.

Max jouait avec son paquet de cigarettes, Sandrine

arrachait distraitement l'étiquette de sa bouteille de bière et Sola semblait demander l'approbation de Vanessa.

— Il y a trop de lièvres dans ta ligne de mire, fit Vanessa.

— C'est pas gentil de vous comparer à des lièvres, lui lança Max.

— N'en demeure pas moins que c'est ainsi que tu nous considères, répliqua Sandrine.

— Doucement, lâcha Max.

— Elle a raison, dit Sola. Tu tends tes collets partout où… où il y a de la fourrure.

— Vos métaphores sont animales, souligna Max.

— C'est ton comportement qui l'est, affirma sèchement Sandrine.

— Mais qu'est-ce que vous voulez ? demanda-t-il.

— Nous ne le savons pas, trancha Vanessa. Nous voulons tout, tout. Amour et tendresse, beaucoup d'affection, du sexe aussi, c'est sûr… mais pas comme vous. Et je ne parle pas en termes de quantité… Et comme tout le monde, nous apprenons à connaître ce que nous ne voulons pas. Ce n'est pas facile, ce n'est facile pour personne.

— Mais, pour moi, c'est plus difficile, avoua Sandrine. Parfois, je ne veux plus rien du tout, tant j'en ai assez. Tout me fuit entre les doigts…

— J'espère que je ne suis pas responsable, dit Sola.

— C'est Max, le responsable, lança Sandrine sans le quitter des yeux.

Max la regarda puis regarda les deux autres comme s'il cherchait des appuis, un quelconque signe d'infirmation. Rien. Vanessa demeurait impassible et le fixait, attendant sa réponse. Sola l'observait aussi mais avec plus de détachement. Max prit le paquet de cigarettes entre ses doigts et les regarda l'une après l'autre. Puis, donnant un léger coup sur la table avec son paquet de cigarettes, il eut un long soupir et demanda :

— Responsable, de quoi ?

— De faire naître des illusions et de ne pas les entretenir, répondit Sandrine.

— Pourquoi les entretenir, puisque ce sont des illusions ? Une illusion est une erreur de perception, rien de plus.

— Oui, dit Vanessa, mais causée par une fausse apparence. Non ? C'est exactement la première définition du dictionnaire.

— Et le vin, demanda Sandrine, c'est avant l'amour avec chacune de tes conquêtes ?

— Pas nécessairement.

— Pas nécessairement dans des coupes, qu'il veut dire, dit Sola. Moi, vous savez, il m'a servi du vin dans des tasses, à la place du café, car nous étions en cours.

— C'était nécessaire de le dire ? lui lança Max.

— La tasse donnait une fausse apparence à son contenu, expliqua Sandrine. Ça te ressemble, cela, Max.

Max se taisait et les regardait à tour de rôle comme s'il n'avait plus su où donner de la tête.

— Écoutez…, laissa-t-il échapper.

— Nous t'écoutons justement, dit Sandrine. Vas-y.

— On te taquine, Max, ajouta Vanessa.

— Moi, je ne le taquine pas, Vanessa, précisa Sandrine. Qu'il me dise sur quelle base reposaient tous les « je t'aime » qu'il m'a lancés par la tête ?

— À toi aussi ! s'étonna Sola.

— Mais ce n'est rien, fit Vanessa. À moi aussi, il a dit « je t'aime » et « mon amour ». Il ne faut simplement pas croire tout ce qu'il nous dit, conclut-elle en riant.

— Et tu crois que c'est simple ? lui demanda Sandrine en dévisageant Max.

— Bon, dit ce dernier, je dois me justifier, maintenant.

— Oui, vas-y, Max, l'encouragea Sola.

— Si tu crois que tu dois le faire, n'hésite plus, vas-y, ajouta Vanessa.

Max demeurait silencieux. Il les regarda l'une après l'autre et se lança.

— Je ne sais pas quoi dire. Il me semble vous avoir expliqué mon point de vue individuellement et voilà que vous exigez une séance publique.

— C'est pour les lecteurs, précisa Sola, le personnage professionnel.

— Je ne comprends pas, poursuivit Max. Si je ne vous dis pas ailleurs qu'au lit que je vous aime, cela me semble clair. Je ne mens pas.

— Tu ne nous aimes qu'au lit! s'exclama Sandrine. Sois belle et tais-toi.

— Surtout pendant les cours, ajouta finement Sola.

— Vous mêlez tout, répliqua Max. Les cours sont les cours, les relations hors lit sont les relations hors lit, et les relations dans le lit sont les relations dans le lit. C'est clair.

— Elles te reprochent de tout diviser, de tout séparer, Max. Elles rêvent de totalité. Elles veulent tout avoir. Elles disent: « Si tu ne m'aimes qu'au lit, c'est que tu ne m'aimes pas. Ne me dis pas que tu m'aimes, quand tu ne m'aimes pas ou alors seulement au lit, ce qui revient au même », expliqua Pat qui venait de s'asseoir entre Sandrine et Vanessa.

— Je te remercie, dit Max.

La serveuse, qui avait maintenant quelques moments de répit, vint prendre la commande de Pat et demander aux autres s'ils avaient besoin de quelque chose. Pendant qu'elle ramassait les bouteilles vides, Pat offrit une tournée. Vanessa se pencha vers lui et lui demanda à l'oreille:

— Est-ce que la récolte est terminée?

— Oui, et la livraison aussi, lui chuchota-t-il à l'oreille.

— Tu n'as pas dormi de la nuit, alors?

— Non et je me demande bien ce qui a bien pu lui prendre pour décider cela à la dernière minute. Me faire faire la récolte de septembre. Il n'en a pas été question de tout le roman, ajouta-t-il en baissant encore le ton. Le lecteur n'embarquera pas là-dedans.

— Ne t'inquiète pas. Il a tout prévu. Tu sais, ce chapitre, le dernier où tu te trouves à l'hôpital...

— Oui, mais ce chapitre est passé, l'interrompit Pat.

— Ce n'est pas grave, demande à Sola s'il le faut, c'est une professionnelle. À la réécriture, l'informa-t-elle, tu recevras un coup de fil d'un ami à ta chambre d'hôpital. Il sera question de récolte mais le lecteur ne pourra jamais se douter de quoi il s'agit. Les foins, la récolte des tomates, des poivrons, du cannabis ? Il ne saura pas et ne se doutera pas qu'il s'agit de pot.

— Du pot ! C'est pour cela que j'ai passé la nuit debout et que nous avons effectué nos livraisons, ce matin. Tu sais, tout était vendu d'avance et je viens d'empocher dix mille dollars.

— Ça te permettra d'écrire tout l'hiver, lui dit Vanessa en s'éloignant de son oreille.

— Si c'est pour écrire des histoires comme celle-là, répliqua-t-il, je préfère m'abstenir.

— Alors, Max, revenu de tes émotions ? demanda Sandrine.

Max se taisait. Sandrine, pour faire un peu de place à Pat, avait dû se rapprocher de Max. Comme il persistait à ne rien dire, elle posa sa main sur son avant-bras et le fixa. Il la regarda et lui dit :

— Rien, ça va, ça va très bien.

— Je plaisantais, tantôt, lança-t-elle en retirant sa main.

— Je sais mais même derrière les pires blagues se cache toujours un soupçon de vérité, dit-il.

— Comme ça, il y avait du vrai dans ce que je disais ?

— Non, pas dans ce que tu disais… Dans les raisons qui te le faisaient dire.

— Si tu veux. Est-ce que tu as invité Sola à souper chez toi ?

— Non, pourquoi ? s'étonna-t-il.

— Tu peux venir chez moi, si tu veux.

— Non, je dois laisser cela chez moi, déclara-t-il en montrant sa serviette. Et j'ai des documents à prendre pour demain matin. Mais…

— Mais quoi ? insista Sandrine.

— Je préférerais que tu viennes chez moi, dit-il à voix basse.

— Coupable, trancha-t-elle.

Ce n'était pas dans le contrat

— On se sert toujours de toi comme bouche-trou ? demanda Vanessa à Sola après le départ de Sandrine et de Max.

— Vanessa ! s'exclama Pat qui était venu s'asseoir à la place qu'occupait Max.

— Non, fit Sola en arrêtant Pat d'un geste de la main. Vanessa a raison. Max se sert de moi comme d'un bouche-trou. Mais il n'est pas dit que je n'en fais pas autant dans tous les sens du terme, genre.

— C'est vrai, il n'y a que Sandrine pour se faire des illusions sur un homme comme Max, dit Vanessa.

— C'est parce qu'elle voudrait le changer, ajouta Sola.

— Devenir la première femme à satisfaire entièrement Max, lança Pat à la blague.

— Tu penses que tu blagues mais tu as entièrement raison, répliqua Vanessa. Il suffisait de l'entendre avant que tu arrives…

— Elle se fait des illusions, je crois, dit Sola. Elle l'a même avoué, tantôt. À la blague, mais elle l'a avoué quand même. Ça voulait tout dire, genre.

— Vous avez faim ? J'invite, fit Pat.

— J'ai pas envie d'aller au resto, lâcha Vanessa.

— On peut aller à l'apparte et commander une pizza. Qu'est-ce que tu en dis, Sola ? demanda Pat.

— Je ne veux pas vous déranger, répondit timidement Sola.

— Voyons ! s'exclama Vanessa. Ça fait plus d'un mois qu'on est ensemble et Pat n'a pas dormi depuis deux jours.

— On va prendre ma voiture, dit Sola.

— On habite tout près d'ici, précisa Pat.

— Je vais quand même rapprocher ma voiture de chez vous, insista-t-elle.

Pat et Vanessa se dirigèrent vers leur appartement alors que Sola traversa la rue et monta dans sa voiture. Là, elle fit demi-tour, devança Pat et Vanessa et alla se parquer devant chez eux. Après avoir arrêté le moteur, elle descendit, verrouilla les portières et attendit ses amis qu'elle voyait venir à moins de trois cents mètres d'elle. Pat tenait Vanessa par le cou et elle le tenait par la taille. « Ils sont vraiment amoureux », se dit-elle.

— Une Mazda Miata ! lança Pat en arrivant près de Sola. C'est vraiment une voiture pour étudiante. Une deux places...

— Oh ! fit Sola, c'est mon père qui me l'a offerte quand j'ai eu mon diplôme de secondaire cinq.

— Nous montons, dit Vanessa.

L'entrée donnait sur la cuisine qui, d'un côté, communiquait avec le salon. Au bout de ce salon, il y avait un corridor qui menait à la chambre et, tout au bout, une porte s'ouvrait sur un balcon. L'autre extrémité du corridor conduisait à la salle de bain qui, comme il se doit, était attenante à la cuisine. Les femmes prirent place à la table, Pat leur servit une bière, puis approcha le téléphone ainsi qu'une série de dépliants de restaurants. Après les avoir consultés, il proposa que l'on mangeât des mets chinois ou de la pizza.

La pizza fit l'unanimité. Pat prit le téléphone et commanda. « Une heure d'attente », lui annonça la voix au téléphone.

— Ça va, dit Pat, puis il raccrocha.

— Qu'est-ce qui va ? s'informa Vanessa.

— Rien, dit Pat, juste une petite heure d'attente. Est-ce que tu fumes ? demanda-t-il à Sola.

— À l'occasion, oui, répondit-elle.

— Alors, je vais rouler une grosse ogive et trois petites, lança-t-il en se dirigeant vers la chambre.

À son retour, il déposa un petit sac de plastique sur la table. Il en sortit une motte de pot.

— C'est tout ce qu'il reste de la récolte de l'an dernier, expliqua-t-il à l'intention de Sola. Celle de cette année est à sécher.

L'ogive de Pat consistait en une cigarette roulée dont le bout contenait deux centimètres de cannabis. Pour une grosse ogive, il laissait deux centimètres de tabac qui servait en quelque sorte de filtre. Pat roula les quatre joints et alla chercher trois chandelles qu'il disposa en triangle sur la table.

Après les avoir allumées, il en approcha une de lui, prit la grosse ogive, la fit rouler entre ses lèvres pour l'humecter et la porta à sa bouche. Puis il approcha la chandelle et tira. Une fumée blanchâtre monta en volutes qui se brisèrent au-dessus de sa tête. Après s'être assuré que le joint se consumerait également, il le passa à Sola. Celle-ci le prit, le porta à sa bouche, l'inhala et s'étouffa. Après avoir toussé, elle s'excusa et le passa à Vanessa.

Avant que la pizza n'arrive, Vanessa avait débarrassé la table, l'avait recouverte d'une nappe à carreaux et y avait posé trois coupes et une bouteille de vin. Quand le livreur sonna, Pat alla lui ouvrir et elle mit les assiettes et les couverts. Puis elle invita Sola à choisir la musique d'accompagnement.

— Ça vous tente du Leloup ? demanda Sola. J'aimerais l'écouter car je ne le connais pas.

— Allons-y gaiement, répondit Vanessa.

Pat posa la boîte sur la table, l'ouvrit et coupa trois pointes qu'il mit dans les assiettes. Pendant ce temps, Vanessa servit le vin.

— J'avais faim, dit Pat. Je n'ai rien mangé de la journée.

— Tu n'es pas sérieux, Pat! lança Vanessa. Tu viens de sortir de l'hôpital. Tu devrais faire attention.

— Tu étais à l'hôpital? s'étonna Sola. Qu'est-ce que tu avais?

— Les médecins ne le savent pas, répondit-il. Enfin, c'est ce que je déduis puisque l'auteur n'en parle pas plus que ça.

— L'auteur, l'auteur! s'impatienta Vanessa. Nous sommes toujours à sa merci... Question information, jamais nous n'en saurons plus que lui. Tu en as l'habitude, toi, Sola?

— Moi, je m'en fous un peu. C'est peut-être que je suis habituée et que je le connais mieux que vous parce que j'ai déjà travaillé avec lui. Pour moi, il n'y a pas de surprises dans ce roman même si je ne parierais rien sur la fin. C'est un type un peu imprévisible quand on ne le connaît pas.

Pat servit d'autres pointes de pizza et remplit les coupes. La fatigue le gagnait de plus en plus mais il était affamé. Les récoltes dans les rangs, en pleine nuit, dans les sous-bois, l'avaient vidé de toute énergie. Il bâilla et attaqua l'autre pointe.

— Par contre, je sais très bien ce qu'il a en tête en organisant ce petit souper à trois, poursuivit Sola.

— Que veux-tu dire? demanda Vanessa.

— Rien, j'ai simplement l'impression qu'il retente l'expérience de la lasagne à trois, dit-elle. Il est vraiment obsédé.

— Nous sommes tous obsédés, laissa tomber Pat.

S'il y a une chose que l'auteur déteste, c'est bien de se faire traiter d'obsédé. Dire de quelqu'un qu'il est obsédé revient à uniformiser ses particularités.

— Je sais, reprit Sola, que bien des hommes entretiennent le fantasme d'une relation à trois en compagnie de deux femmes.

— On passe au salon? proposa Vanessa après avoir débarrassé la table.

Les deux femmes allèrent s'asseoir à chaque extrémité du divan. Pat leur dit qu'il allait fumer une ogive avant de les rejoindre. Il mit la chandelle tout près de lui, mouilla l'ogive et l'approcha de la flamme légèrement vacillante. Il la fixa longuement avant de tirer sur le joint. Il était fasciné par la combinaison de couleurs qui s'offrait à son œil. Plus il fixait la flamme et plus un jeu kaléidoscopique polychrome se formait et se déformait devant ses yeux. Soudainement, l'image ressembla à un vitrail dans lequel Pat crut apercevoir des personnages ainsi qu'un immense jardin au centre duquel une jolie femme se tenait. Vanessa, inquiète, s'étira pour voir ce qu'il faisait.

— Pat, lui dit-elle, le verre de tes lunettes est en train de fondre.

Pat sursauta, enleva ses lunettes, regarda le verre déformé par la chaleur.

— Merde! s'exclama-t-il. Ça coûte un prix de fou et ça ne résiste pas à la plus petite flamme.

— Tu es chanceux, lança Vanessa, si tu ne les avais pas eues, il te manquerait un sourcil. Viens nous rejoindre.

Pat laissa ses lunettes sur la table, prit son verre et la bouteille et alla s'asseoir par terre entre les deux femmes. Vanessa mit la main dans ses cheveux et les caressa.

— Ils sont doux, ils sont fins, ses cheveux, dit-elle à Sola en prenant sa main et en la déposant sur la tête de Pat.

— C'est vrai qu'ils sont fins, remarqua Sola pendant que Pat renversait la tête vers l'arrière.

— Encore un peu de vin, Sola? demanda Vanessa.

— Je ne pourrai jamais retourner chez moi.

— Tu dormiras ici. Sur le divan, on est confortable. Pat, comment aimes-tu cela, te faire caresser par deux femmes à la fois? demanda Vanessa.

Pat, les yeux fermés, n'émit qu'un sifflement.

— Je le savais, déclara Sola. Je savais qu'il mettrait Pat dans la situation de Max et qu'il le ferait s'endormir. Pourquoi lui aurait-il fait passer une nuit blanche? Créer une situation potentielle à trois, genre... Et pour s'en sortir élégamment, il le fait cailler.

— Tu sembles bien le connaître, fit remarquer Vanessa.

— Ça fait deux ans et demi que je travaille avec lui.

— Et qu'est-ce que tu fais d'autres ? s'informa Vanessa.

— Rien d'autre, je te l'ai dit, je suis un personnage professionnel. Je ne fais que cela. Ici, j'étudie mais il n'y a aucune description dans laquelle je me fais chier dans un cours, tu comprends ? Mais, cela, je l'ai négocié. Il tenait à ce que je fasse partie des personnages, il m'offrait un père millionnaire et une auto que j'ai moi-même choisie. Dans son autre roman, j'ai été un peu naïve, je n'ai rien négocié, j'ai fait tout ce qu'il m'a demandé. Cela a servi à quoi ? Je me suis retrouvée à danser nue et à avoir une relation avec deux autres femmes. Un vrai obsédé. Ou alors quels desseins poursuit-il ? Il explorerait les relations entre les êtres sur une base prioritairement sexuelle ? Entre les êtres, entre les hommes et les femmes... Qu'essaie-t-il de comprendre ? Ou alors, n'essaierait-il pas simplement d'envoyer un message à sa blonde ?

— Est-ce que, dans sa proposition initiale, il était question d'une lasagne et d'une pizza à trois ? Est-ce qu'il se passait quelque chose à trois avec toi ? demanda Vanessa.

— Ce n'était pas clair. Il voulait mettre de la sensualité et de l'érotisme, mais ne savait pas comment ni en quoi, répondit Sola qui continuait à caresser distraitement les cheveux de Pat.

— De toute façon, dit Vanessa, Pat dort. Si tu veux m'aider, on va le hisser sur le divan. Tu dormiras avec moi dans mon lit, je te prêterai un pyjama.

— Oh ! fit Sola, je dors toujours nue.

— Moi aussi.

Après avoir couché Pat sur le divan, les deux femmes passèrent à la salle de bain. Vanessa y alla la première, puis se coucha en éteignant les lumières. Au bout de quelques minutes, Sola vint s'allonger près d'elle.

— Tu sais ce que les lecteurs et les lectrices pourront imaginer ? demanda Sola à voix basse.

— Quoi ?

— Ils imagineront que nous allons faire l'amour ensemble. Tu sais comment elle est, l'imagination des lecteurs. Elle fonctionne de la même manière que celle qui préside à la formation des commérages. Je n'ai qu'à me retourner vers toi pour qu'ils s'imaginent que je te caresse. Si nous ne faisons rien, nous subirons le même jugement et nous n'aurons eu aucun des avantages que procure ce pour quoi nous serons jugées.

— Tu parles comme l'auteur. Je crois que tu as raison, conclut Vanessa.

— Et je m'en fous que ce ne soit pas dans le contrat, ajouta Sola.

Elle est différente...

— Qu'est-ce que tu attends d'une femme ? demanda Sandrine en allumant sa cigarette.

— Tu me demandes cela comme ça..., dit Max. Toi, tu le sais, ce que tu attends d'un homme ?

— J'ai posé la question la première.

— Et après ? Nous ne sommes pas des enfants. Et puis, qu'est-ce que j'en sais de ce que j'attends d'une femme ? Toi, tu le sais ?

— Tu essaies encore de détourner la question vers moi, lui fit-elle remarquer.

— Disons que j'ai des femmes ce que j'attends d'elle. Je ne prends que ce que j'attends recevoir. Rien de plus rien de moins.

— Et tu ne t'es jamais demandé si tu leur donnais ce qu'elles désiraient ?

— Quand elles n'ont pas ce qu'elles attendent, elles me le font savoir en ne revenant plus ici. Certaines vont jusqu'à ne plus me regarder, d'autres font comme si elles ne me connaissaient pas. C'est terrible d'être ainsi ignoré d'une femme que tu as aimée pour la simple raison que tu as refusé de signer quelque chose. C'est ridicule. Les rapports hommes-femmes sont parfois ridicules.

— Qu'est-ce que tu veux dire ?

— Je ne sais pas. On dirait qu'on ne peut plus vivre simplement entre nous. On ne cherche pas les complications,

153

ce n'est pas nécessaire, elles se pointent d'elles-mêmes. Elles sont autonomes. Nous vivons dans le monde des complications approuvées. Il y a une foule de choses que les amants n'osent pas s'avouer. Jusqu'où doit-on aller pour dire à l'autre ce qu'il représente pour nous ? Poser la question, c'est y répondre. C'est un monde de calcul. Il n'est pas seulement automatisé dans sa production, il l'est dans ses rapports sociaux. On dirait qu'il marche tout seul, qu'il n'a plus besoin de nous. Je crois que nous avons démissionné. Je ne sais plus.

— Tu t'en fais pour rien, je crois.

— Tu es bien placée pour parler ! C'est ton questionnement existentiel qui a ouvert le débat. Je préfère l'amitié à l'amour.

— Tu vois une contradiction entre les deux ?

— Je les trouve parfois incompatibles.

— Je sais, dit Sandrine. Il est plus facile d'entretenir une relation d'amitié qu'une relation amoureuse.

— C'est normal. En amour on pousse le respect de l'autre jusque dans ses derniers retranchements. On s'use à s'aimer, et plus on s'use, plus on s'entête à se convaincre qu'on s'affranchit. Il faut vraiment être masochiste pour être amoureux.

— Je ne te suis plus.

— Qu'importe ! Tu crois peut-être que j'arrive à me suivre ? Je suis comme tout le monde, je cherche ! Et je ne trouve pas plus. J'écrirais des romans que je ne suis pas certain que j'arriverais à y voir plus clair. C'est pour cela que je n'en écris pas. Je regarde la vie passer et je demeure conscient que c'est tout ce que j'ai. Je la considère assez invivable et je reconnais qu'elle le serait encore plus sans vous, dit Max en allumant une autre cigarette.

— Tu es nerveux ?

— Bien sûr, écoute tout ce que je te dis. Merde, c'est assez pour être nerveux... Tu m'agaces.

— Moi, ce n'est pas une simple relation d'amitié que je souhaite avec toi.

— Tu crois que je ne m'en suis pas aperçu ? Tes repro-
ches de cet après-midi… Tu veux un homme pour toi toute
seule…

— Et après ? Il n'y a aucun mal là-dedans.

— Ce n'est pas une question de bien et de mal, même
pas une question de morale. Je ne crois pas qu'un seul
homme puisse parvenir à satisfaire entièrement une femme.
Le temps passe et la passion aussi, alors le besoin de romantisme n'est pas comblé et l'homme n'y peut rien car ce serait
mentir. On ne peut pas jouer avec nos sentiments. Là, ici,
on s'aime bien. Pourquoi vouloir en rajouter au risque de
tout voir s'écrouler ? Moi, je vois cela comme un édifice à
étages. On ne peut pas multiplier les étages impunément.
Il vient un temps où tout s'écroule.

— Tu es vraiment pessimiste.

— Ou réaliste.

— Si tu prévois un résultat négatif en partant, c'est
certain que ça ne marchera pas.

— On ne prévoit jamais de résultats négatifs quand on
est en amour. Et cela est une erreur. Une erreur de jugement
qui entraîne une foule d'autres erreurs toutes liées à l'erreur
originelle. Pire, cette première erreur dissimule toutes les
erreurs à venir en les couvrant du voile de la pseudo-
pérennité du sentiment amoureux.

— Ça ne veut pas dire qu'il est interdit de tenter sa
chance.

— J'allais le dire, lança Max, en excluant toute tenta-
tive qui me serait propre.

— Les femmes exclusivement pour le sexe, c'est ça ?

— Mais il y a aussi de l'amitié, non ?

— Oui, mais l'amitié, ce n'est pas l'amour.

— Nous allons voir.

Il étira le bras et prit le dictionnaire. Sandrine s'était
retournée sur le ventre et avait enfoui sa tête dans l'oreiller.

— « Amitié », commença-t-il : « Sentiment réciproque
d'affection ou de sympathie qui ne se fonde ni sur les liens
du sang, ni sur l'attrait sexuel. » « Amour » est à l'autre

page : « Disposition favorable de l'affectivité et de la volonté à l'égard de ce qui est senti ou reconnu comme bon, diversifié selon l'objet qui l'inspire. »

— Et qu'est-ce que tu en retiens ? demanda-t-elle.

— À cause de l'attrait sexuel, nous deux, ce n'est pas de l'amitié. Pour ce qui est de l'amour, le dictionnaire le dit : « diversifié selon l'objet qui l'inspire ».

— Passe-le-moi, tu lui fais dire ce que tu veux.

— Vérifie, tu verras ! lui lança-t-il en lui passant le dictionnaire.

— Tu n'as donné que le sens premier, lui dit-elle en regardant attentivement la définition. Un peu plus loin : « Disposition à vouloir le bien d'un autre que soi (Dieu, le prochain, l'humanité, la patrie) et à se dévouer à lui. » Tu vois !

— Bof, l'amour, c'est comme le mépris. En soi, ça va. Le problème, c'est qu'on ne parvient jamais à savoir d'où ça vient, qu'est-ce qui en justifie l'application ?

— L'application ? s'étonna Sandrine.

— Oui, fit Max, mettre une chose sur une autre de manière à ce qu'elle la recouvre ou y adhère. Comme l'amour sur une personne, l'amour ou le mépris. Les deux ont la même emprise quand on en ignore la raison et, cela, on l'ignore toujours. On ne mérite pas plus le mépris que l'amour. C'est là ou ce n'est pas là. C'est ou ce n'est pas. Aucun mérite. Pas de noir ni de blanc ; que des zones grises, en fait.

— Tu penses vraiment ce que tu dis ?

— Je ne sais pas, faudra que j'y réfléchisse plus en profondeur. Je ne sais vraiment pas. Parfois j'énonce des choses simplement pour voir si un sens est possible. Vrai ou faux, cela m'importe peu. Je cherche et souvent je trouve… mais pas toujours.

— Tu vas recoucher avec Sola ? risqua Sandrine.

— Je ne sais pas, c'est possible.

— Elle a quelque chose que je n'ai pas ?

— Non, elle est différente, c'est tout.

En lui tapant sur le ventre...

Durant la nuit, Pat se réveilla pour soulager une vessie qu'il avait surchargée. Aux toilettes, il commença à se dévêtir. Il laissa ses vêtements sur le plancher de la salle de bain et partit en zigzag vers la chambre. Là, il se jeta sur le lit et s'endormit entre les deux femmes.

Au matin, dans un demi-sommeil, il se colla à Sola qu'il prit pour Vanessa. Ensuite, il se retourna et se frotta contre Vanessa. Il se réveilla, regarda Vanessa puis se retourna et aperçut Sola. Il se jeta sur le dos et fit osciller sa tête de l'une à l'autre. Il n'en croyait pas ses yeux. Il se pinça. Il s'était endormi sur le divan ou par terre et il avait dormi là. Sola ne devait pas être en mesure de conduire sa voiture. Vanessa l'avait invitée à dormir et, comme il occupait le salon, elle l'avait invitée dans son lit. Il n'y avait rien d'autre à supposer, rien à imaginer comme desseins qu'elle aurait entretenus. «Rien», se dit Pat.

Il était étendu sur le dos et réfléchissait en les regardant l'une après l'autre. Soudainement, il eut l'idée de préparer le petit déjeuner et de le leur offrir au lit. Il se leva doucement pour ne pas les réveiller. «Il faut les surprendre», se disait-il.

À la cuisine, il fit un rapide inventaire du contenu du réfrigérateur. Il était presque vide. Alors, il sauta dans son pantalon, enfila un t-shirt et sortit.

Dans la rue, le soleil de septembre n'avait pas fini de

combattre la fraîcheur de la nuit. En se dirigeant vers le supermarché, Pat eut un léger frisson. À l'intérieur, en frôlant les comptoirs réfrigérés, il grelotta. Il prit des œufs et du bacon, des clémentines, des raisins et deux mangues. Après avoir payé, il sortit pour entrer à la succursale de la Société des alcools. Il mit la main sur deux bouteilles de blanc pétillant. « Un vrai brunch ! » se dit-il.

Il marchait vers l'appartement quand il aperçut Sandrine qui se dirigeait vers lui.

— Salut, Pat, il faut absolument que je parle à Vanessa, lui lança-t-elle.

— C'est que…

— Ne me dis pas qu'elle n'est pas là.

— Elle dort.

— Alors, j'attendrai qu'elle se réveille, ça ne devrait pas être long.

— C'est qu'elle n'a pas dormi de la nuit… Elle a été malade, répliqua-t-il.

— Mais qu'est-ce que je vais faire ? J'ai besoin de lui parler.

— Je peux lui demander de te téléphoner quand elle se réveillera. Tu n'as pas de cours, aujourd'hui ?

— Si, mais je n'ai pas envie d'y aller. Il faut que je parle à Vanessa.

Sandrine accompagnait Pat vers l'appartement. Celui-ci s'impatientait de plus en plus.

— Écoute, Sandrine, ce n'est vraiment pas le moment.

— Oh, vous êtes en discussion, je ne veux pas vous déranger. Tu diras à Vanessa qu'elle m'appelle, sans faute, alors.

Pat la salua avec un demi-sourire et monta à l'appartement. Là, il se rendit immédiatement à la chambre. Les deux femmes dormaient toujours. Il revint à la cuisine, alluma le four. Il sortit la plaque à biscuits, y déposa le bacon et la mit au four. Ensuite, il prit un grand bol et confectionna une omelette qu'il mit à cuire dans un moule à quiche. Il sortit le grille-pain, lava les raisins et trancha les mangues.

— Qu'est-ce que tu fais, Pat? demanda Vanessa qui venait de se réveiller.

Celui-ci se rendit dans l'embrasure de la porte. Sola semblait dormir, il dit:

— Je vous prépare un brunch.

— En quel honneur?

— Nous avons une invitée.

— Tu ne veux tout de même pas déjeuner au lit, quand même?

— Pourquoi pas?

— Faudra demander, dit-elle en montrant Sola du doigt.

— Toi, tu serais d'accord? demanda-t-il à voix basse.

— Va attendre à la cuisine, veux-tu? fit-elle en se levant et en ramassant son peignoir.

Dans la cuisine, Pat prépara le café et attendit que Vanessa revienne de la salle de bain. Quand elle fut assise à la table, il lui servit un café et s'assit avec sa tasse.

— Tu n'aurais pas d'objection? lui dit-il doucement.

— Écoute, si c'est pour te faire plaisir, tu en parles souvent, je veux bien mais une seule fois pour te satisfaire, c'est tout.

— Crois-tu que Sola accepterait? demanda-t-il. Dans l'autre roman, elle était ouverte aux nouvelles expériences.

— Oui, mais est-ce bien la même? Tu sais, il y a aussi un Pat dans l'autre histoire et je ne crois pas que ce soit toi.

— En ce qui me concerne, je crois que c'est purement accidentel. Pour Sola, j'ai l'impression que c'est le même personnage légèrement modifié… Financièrement moins dépendante à cause d'un père qu'elle n'avait pas dans le premier.

— Parce que tu l'as lu? s'étonna Vanessa.

— C'est tout ce que Sandrine m'avait apporté au début de mon séjour à l'hôpital.

— Oui, c'est vrai qu'elle lui ressemble. En fait, c'est la même, elle me l'a dit. La seule différence, c'est que son expérience lui a permis de négocier de meilleures conditions. C'est vraiment tout.

— Au moins, elle a été consultée, dit-il.

— C'est un grand mot. Elle a réussi à négocier quelques avantages, à recevoir certaines précisions et de fragiles garanties, sans plus, précisa-t-elle. Au fond, l'auteur fait bien ce que bon lui semble. Leur spécialité étant de laisser beaucoup d'espace entre les lignes, ils peuvent toujours en rajouter.

— Je croyais que c'était le lecteur qui en rajoutait.

— Oui, mais dans la mesure où il y a de l'espace pour lire entre les lignes. Alors, les contrats entre les personnages et l'auteur, pour moi, c'est de la foutaise. Ton petit caprice par contre vaut la peine qu'on s'y attarde, ajouta-t-elle.

— Que veux-tu dire?

— En fait, ton fantasme, je suis sûr que si tu le réalises, je n'en entendrai plus parler. Par contre, je ne suis pas certaine que l'auteur accepterait de décrire une scène de baise sans l'avoir vécue car les seules scènes vécues, que l'édition actuelle accepte, ce sont justement les scènes de cul. Mais cela n'a aucune importante car je peux bien l'écrire à sa place.

— Ah oui? s'étonna Pat.

— Oui et c'est assez simple. Sola accepte. Après le brunch, nous passerons sous la douche pour se retrouver au lit. Ce sera comme tu le souhaites. J'ai pensé à deux scénarios possibles.

— Vas-y, s'enflamma Pat.

— Dans le premier, tout se passe comme tu l'imagines et nous nous retrouvons toutes les deux sur toi. Couché sur le dos, tu es doublement servi et nous échangeons nos rôles. On finit par te faire jouir. Puis tu t'assois sur le lit et tu souris, *épanoui, ravi, ruisselant sous la pluie.* C'est alors que je te dis: «Content?», en te tapant sur le ventre.

— Et l'autre scénario?

— Aussi simple. Tout est comme dans le premier sauf que, Sola et moi, après les premiers exercices, nous nous

étendons toutes les deux et attendons que tu nous pren-
nes. Tu es là, à genoux, et tu hésites pour décider laquelle
tu vas prendre la première, car il y a de bonnes chances
que la seconde te fera jouir, tu ne veux blesser personne,
tout cela se passe dans ta tête et alors tu débandes et je te
dis: « Content ? » en te tapant sur le ventre.

— Je ne sais pas quoi penser de ce deuxième scénario,
mais il me semble plausible.

— Ce n'est pas évident, faire l'amour à deux femmes à
la fois, hein ? dit Vanessa.

— Non, en effet… Je reviens.

Il se dirigea vers la salle de bain et se heurta à Sola qui
venait de se lever et allait elle aussi à la salle de bain.

— En forme, le grand garçon ? lui demanda-t-elle en
lui tapant sur le ventre.

Alors, ne dis rien...

— Salut, dit Sandrine. Ça fait trois heures que j'essaie de te rejoindre et ça ne répond jamais. Que se passe-t-il ? C'est fini avec Pat ?

— Qu'est-ce que tu racontes ? Ça va très bien avec Pat.

— Tu vas mieux ?

— Qu'est-ce que tu racontes ?

— Tu n'as pas été malade la nuit dernière ? s'inquiéta Sandrine.

— Aucunement, lui répondit Vanessa. Qu'est-ce que tu racontes ?

— C'est Pat qui m'a dit cela, ce matin.

— Je comprends.

— Quoi ? Explique-toi.

— Tu as téléphoné ? demanda Vanessa.

— Non, répondit son amie. Je me rendais chez toi et je l'ai croisé dans la rue.

— Ah, je comprends. Il t'a raconté des histoires pour que tu ne montes pas à l'appartement.

— Oui, je sais, vous aviez une dispute.

— Mais non, il a inventé n'importe quoi pour t'empê-cher de monter, pour t'éloigner.

— Mais pourquoi ? demanda Sandrine.

— Parce que Sola était là.

— Quoi, Sola ? Mais qu'est-ce qu'elle faisait chez vous ?

— C'est une longue histoire. Enfin, après votre départ,

nous nous sommes retrouvés ici et, à la fin de la soirée, Sola n'était pas en état de conduire sa voiture. Alors, elle est restée à dormir. C'est tout.

— J'aurais pu monter alors ? s'étonna Sandrine.

— Tu sais comment sont les hommes quand ils dorment dans le même lit avec deux femmes. Tu connais leurs fantasmes.

— Quoi ? Vous avez fait ça à trois ?

— C'est une longue histoire. Je ne te raconte pas ça au téléphone. Et toi, ça va ?

— Je ne te comprends pas.

— Écoute, Sandrine, tu connais leurs fantasmes... Alors, moi, plutôt que de me faire casser les oreilles durant des mois et des années avec ça, je le lui ai crevé en le réalisant. Enfin, en participant à sa réalisation... Je préférais en faire partie plutôt que d'en être exclue. Le scénario que j'avais prévu s'est réalisé et je suis certaine qu'il ne m'en parlera plus.

— Moi aussi, il m'en parlait. Il est dingue.

— Non, il n'est pas dingue. Il avait un fantasme et je le lui ai crevé comme un abcès. Un fantasme, c'est un abcès de l'inconscient. On le crève en le ramenant à la conscience et cela se fait par l'expérience.

— Je ne sais plus quoi dire.

— Alors, ne dis rien.

Le réquisitoire final...

— Vous savez, si ce n'avait été que des fesses serrées, ces becs... de poule de l'édition québécoise, qui ont aiguisé leur crayon à l'école de cet historique missionnaire aux charbons dans les yeux... ou pas très loin de là, je n'aurais jamais été publié.

L'auteur fit une pause, regarda les personnages l'un après l'autre et reprit :

— Cela pose la double question de la censure et de votre existence. Ce n'est pas parce que vous ne dites pas les mêmes choses que la majorité des gens que vous n'avez pas droit à l'existence. Je ne crois pas qu'en laissant les personnages dire ce que tout le monde dit, répéter tout ce que nous entendons quotidiennement, je ne crois pas que cela serve la démocratie. Il réside en cela, le problème de votre existence.

— Oui, mais une existence que nous n'avons pas demandée, dit Max.

— Tu connais quelqu'un qui l'a demandée ? lui lança Vanessa qui se tenait adossée à une bibliothèque.

— Car le problème de votre existence est un problème de censure, expliqua l'auteur en arpentant la pièce. Il s'agit évidemment d'une censure culturelle...

— Un chat bien élevé ne joue pas avec une souris qui ne lui a pas été présentée, genre, l'interrompit Sola.

— C'est du Prévert, précisa Pat qui était assis avec Max sur le divan.

— C'est possible, répondit Sola.

— Ce n'est pas seulement possible, c'est effectivement du Prévert, ajouta Max.

— Si nous revenions à nos moutons, dit Sandrine qui était assise dans le coin opposé à Vanessa.

— En effet, approuva Vanessa, nous voudrions connaître la fin de l'histoire.

— Toutes les fins sont possibles, répliqua l'auteur.

— Ah oui ? fit Pat ironiquement.

— Oui, confirma-t-il. Toutes les fins sont possibles. Il suffit d'en glisser quelques éléments sournois lors de la réécriture. D'ailleurs, vous pourriez tous mourir dans un accident d'auto. Ce n'est pas l'auto qui manque. J'ai doté Sola d'une voiture, je peux bien l'utiliser comme bon me semble.

— Ce serait une fin dérisoire, fit remarquer Sola.

— Pas si elle est préparée sans le laisser paraître. Je m'explique. Mettons que je sois hospitalisé aux soins intensifs. Comme vous êtes mes seuls proches, vous en êtes immédiatement avertis. L'hôpital se trouve à l'extérieur de la ville. Le moyen le plus simple pour me rendre visite est d'utiliser l'automobile de Sola que je remplace immédiatement par une Chevrolet Impala 1966. Votre inquiétude est grande car, si je meurs, vous mourrez aussi. Sinon, vous voulez au moins connaître la fin de l'histoire. Vous voyez, vous roulez sur l'autoroute et l'accident fatal se produit.

— Ce serait une fin plutôt moche, lança Sola. Avec un vieux Chevrolet !

— Non ! Il aurait été entièrement restauré. Je vous ai convoqués pour que nous discutions des fins possibles. Je tenais à vous consulter.

— Moi, proposa Max, j'arrêterais tout cela ici ! Il me semble que cette histoire est sans issue.

— Je ne suis pas d'accord, dit Vanessa.

— Écoute, Vanessa, je n'ai pas voulu dire qu'une grande

histoire d'amour ne pourrait pas se développer entre Pat et toi. Ce n'est pas ce que je voulais dire. Par contre, si tout va pour le mieux entre vous, comme actuellement, il n'y aura vraiment pas de quoi en faire un roman. Les gens aiment les histoires qui finissent bien mais, pour bien finir, il faut qu'il y ait eu plusieurs bouleversements. Par contre, les romans qui restent sont ceux qui finissent très mal, les tragédies. Les gens n'aiment pas d'emblée les tragédies, mais finissent toujours par les adorer car c'est tout ce qui leur parle de la réalité ultime de leur vie. Évidemment, une comédie comme celle-ci, en nous faisant tous mourir dans un accident de la route, n'aurait de tragique que son déguisement. Ce ne serait pas sérieux.

— Un instant, dis-je. Je vous ai présenté une hypothèse extrême. Pour la rendre tragique, il faudrait que je réécrive le roman. Un récit entièrement restauré dans lequel vous seriez tous tombés amoureux de l'Impala Chevrolet de Sola. Vous ne seriez pas morts dans l'accident. La scène finale vous aurait rassemblés sur le bord d'un fossé, pleurant la Chevrolet démolie de Sola qui aurait lancé : « À quoi ça sert d'avoir un père millionnaire si l'auteur se fout encore de ma gueule ! » En fait, je fabule. Sola ne pourrait jamais dire cela. Elle a signé un contrat. Vous ne seriez pas morts dans l'accident, il faut ajuster la tragédie à son temps. C'est injuste ce qui est arrivé, pensez-vous. « Cette voiture était un vrai bijou. »

— Faut pas nous prendre pour des cons, lança Pat, insulté.

— Vous êtes de bons personnages. Vous lisez entre ces lignes que je tourne sept fois plutôt qu'une dans ma poisse de dire. J'ignore ce que j'aurais fait sans vous.

— Tu en parles déjà au passé, s'étonna Vanessa.

— Je m'en étonne moi-même. En ce qui te concerne, Vanessa, Max avait raison. Je peux terminer le roman en laissant croire aux lecteurs que Pat et toi vivrez un grand amour sans aucun rémora. Non, cela serait trop commun ou pas assez. Disons plutôt que la dernière scène leur laisse l'impression que vous filerez toujours le parfait bonheur. Cela est possible mais sans intérêt. J'avais plutôt pensé à un indescriptible fouillis entre vous tous. En fait, j'avais pensé à une réunion comme celle-ci de laquelle personne ne sortirait indemne.

— Tu nous aimes, souligna Sandrine ironiquement.

— Ce n'est pas une question d'amour, précisai-je. Il faut bien comprendre que nous ne sommes pas ici pour endormir les gens. Un roman peut être autre chose qu'une berceuse, qu'un bon petit livre de chevet. J'imagine ! Je ne sais pas mais cela me semble encore possible. Enfin…

— Et c'est exclusivement dans la tragédie que cela est possible ? demanda Pat.

— Oui, répondis-je. L'ennui, c'est que la tragédie est devenue impossible. Le moindre événement devient une tragédie médiatisée et la moindre tragédie est banalisée par sa médiatisation. Je vous ai convoqués pour discuter de la fin de l'histoire, car l'histoire me pose problème. Aurais-je dû écrire un roman d'amour ? Ou un roman sur les injustices sociales, une espèce de bible moderne ? Un roman psychologique ? Ou sociopsychologique ou psychosociologique ? J'ai exploré toutes ces avenues avant de me lancer dans cette aventure et n'en ai retenu aucune. Vous allez me dire que ce ne sont que des étiquettes. Mais nous, les hommes de ce roman, ne sommes pas du genre à mettre une étiquette à une femme une fois que nous avons couché avec elle. C'est la même chose pour les savoirs. La connaissance ne supporte pas la substitution de l'étiquette à la classification ni celle du formulaire à la compréhension. Et si « formulaire » ressemble à « fonctionnaire », que faisons-nous de « savoir » qui rime si bien avec « devoir » ?

— Tu ne vas pas revenir sur tes histoires de savoirs ! fit remarquer Sola.

— Je regrette, répliquai-je, mais cette histoire des savoirs, comme tu dis, n'a jamais été publiée. Tu la connais parce que j'ai dû t'en parler par inadvertance, d'ailleurs.

— Parce que Monsieur s'imagine que ses ouvrages non encore publiés n'intéressent pas les lecteurs, dit Sandrine.

— Écoutez, ici, nous ne sommes pas sur la basse Côte-Nord que Cartier avait baptisée la terre de Caïn. Par contre, sur le plan culturel, c'est la terre de Caïn. Vous saviez que la ministre du Patrimoine avait bloqué le projet de chaîne culturelle. À la télé, il y a de plus en plus de chaînes spécialisées, mais pas question d'en laisser une aux milieux artistiques. Les artistes doivent s'exprimer à l'intérieur de leur discipline. On les condamne à cela. Ce que le peintre a à dire est en entier contenu dans ses toiles. C'est là qu'il doit dire son rejet d'un système qui renie d'emblée son intervention artistique. Le romancier subit le même sort, le poète aussi, le cinéaste itou ; au fond, il n'y a que les banquiers et les politiciens à leur solde qui s'en sortent, sans omettre, évidemment, les policiers qui veillent au grain. L'ennui avec cette ministre et son mépris de la vie culturelle québécoise, pour le maintien obsessionnel de son Grand Canada, c'est qu'en plus de taper des crises de larmes en Chambre, de distribuer des feuilles d'érable jusque dans les boîtes de serviettes hygiéniques, en plus, dis-je, en plus et en moins, je crois que, si elle n'est pas raciste, au moins, son attitude est colonisatrice… Elle va dire qu'elle adore les Québécois mais déteste les indépendantistes. Un bon Québécois, pour elle et ses collègues, est un citoyen qui accepte que des lois soient votées par un parlement dans lequel il ne possédera jamais la majorité et que, pour le dépôt de ces lois, on aille chercher un Québécois afin de masquer naïvement une intention purement colonialiste qui se révèle dans le tripotage des règles constituant une majorité. J'écris en temps réel. Allez lire Memmi.

— Tu n'es pas doux, dit Vanessa.

— Bof, disons que j'en ai assez de me le faire ronger par les mites et de me faire manger la laine sur le dos du mouton qu'on me demande d'être. C'est une question de parthénogenèse. Si tu n'as pas assez de couilles pour te donner un pays, crois-tu que tu en as assez pour faire l'amour à une femme? Convenablement, j'entends selon les règles de sa bienséance.

— Tu es baveux.

— C'est tout ce qu'il nous reste. Nous sommes un peuple qui vit en marge de l'histoire à force d'être gêné de se regarder dans le miroir. Pourtant, il ne fait pas plus dur qu'un autre, c'est seulement son hésitation qui le tue. Et, bien sûr, les grosses toutounes à sac en papier et les *petits rats, petits scélérats*, en profitent. Ce sont des *ennemis des miroirs et les enfants les quittent et plus jamais ne les aiment, plus jamais ne les aiment. Ces pelouses affreuses...* Enfin, c'est du Leloup qu'on entend...

— On dirait que tu en as assez, lança Vanessa.

— Je ne sais pas. C'est toujours la même chose. On est là, on s'investit beaucoup... Tous les œufs dans le même panier... Le panier... On s'attache à vous, puis il faut vous renier. On ne peut pas passer notre vie à vous faire parler... Il y a la réalité... On ne la perçoit pas mieux que la fiction... On se sert de cette dernière pour aborder l'autre... Je ne sais pas. Je sais seulement que quand je tape deux cents pages, j'en ai ras le bol. Je vous aime, vous me plaisez. Je vous sais très imparfaits mais vous êtes tout ce que j'ai quand je raconte... ou déconne. Vous avez raison, je vous utilise à mes propres fins. Ces fins ne sont pas nécessairement des plus méritoires. Ce n'est pas grave. Il y a tant de temps à perdre pour rendre la vie possible... ou l'idée qu'on s'en fait. C'est à désespérer, parfois.

— J'espère que tu n'as pas d'arme à feu, dit Vanessa.

— Je ne peux pas me le permettre. Je la retournerais contre moi. Je me connais. Le roman terminé, je voudrais mourir avec vous, prendre le même chemin de l'oubli, ce chemin qui ne mène nulle part. Le bonheur est-il possible? Je vous le demande. Tu sais, Vanessa, j'aimerais écrire un roman dans lequel tu vivrais le parfait bonheur avec Pat. Au fond, j'ai peut-être mieux à offrir. Si jamais je parviens à rendre la Thibeault bien modestement heureuse, mes conneries de romans auront servi à quelque chose. Et vous autres aussi par le fait même. Tu sais, Vanessa, je ne t'ai pas inscrite au chapitre du bonheur avec Pat pour la simple et bonne raison que, votre bonheur, vous essaierez de le trouver à l'intérieur de votre amour. Moi, je me retire. Vous êtes maintenant des personnages autonomes. Votre bonheur vous appartient. Je vous affranchis. Vous êtes libres. Je ne me substituerai jamais à l'État, je ne mettrai jamais de caméra dans votre chambre à coucher. La pornographie est une affaire de fonctionnaires, je crois. Les derniers remparts étatiques. Dieu a chassé Adam et Ève du paradis terrestre car il se devait de demeurer discret. Il n'avait pas prévu leur bonheur. Il a créé le monde d'une manière assez innocente. Il a mis des personnages sur terre mais très rapidement leur histoire lui a échappé. Ce n'est pas sa faute. Dieu est irréprochable. Il a déclenché un processus qui l'a vite dépassé. Il rit dans sa barbe, c'est certain. Les personnages doivent aller plus loin que l'espace délimité par leur auteur. Sinon, ils se retrouvent à la télé. Je refuse de vous enfanter sans douleur ni reniement. Dieu a commis une erreur au début. Il a manqué de patience à l'égard d'Adam et d'Ève. Il n'a pas versé son sang. Il s'est inventé un fils pour se racheter en nous faisant croire que c'est nous que ce fils venait racheter. Nous aurions été coupables de sa propre erreur ? Nous sommes responsables des personnages auxquels nous donnons vie. Ils n'auront jamais d'autre crédibilité que celle que nous leur donnerons. C'est le monde de la fiction. Notre monde ! Il y a autant de réalité dans la fiction qu'il y a de fiction dans la réalité. J'espère que vous vous rendez compte que cette phrase ne veut rien dire. Et pourtant. Elle n'en est pas moins belle. Elle tient son charme du non-sens qu'elle crée. Elle est aussi vide ou pleine que Dieu, je ne sais pas. Nos mots nous ont mis au monde et nous ont permis d'établir un monde. Et voilà le silence possible. Vous savez, personnages, je n'ai vraiment plus rien à vous dire. Je ne sais même pas si je vais vous réutiliser. Vous m'êtes bien sympathiques mais je ne sais plus quoi faire avec vous. Vanessa, rentre chez toi avec Pat et soyez heureux. Je vous souhaite vraiment tout le bonheur possible. Par contre, vous ne serez heureux que dans la mesure où vous aurez été innocents. Non coupables. C'est dans cette mesure que l'amour est possible, il me semble. Tout cela est très idéaliste, c'est vrai. Tu sais, Vanessa, tu es mon personnage préféré. Dans un autre roman, si tu acceptes, je te verrais très bien avec des enfants. On en discutera. Ce n'est pas nécessaire que tu en aies six. Trois pourraient suffire. Tu sais, je garderais Sola pour ses fesses et toi pour ton grand cœur. Sola a du cœur et, toi, tu es intéressante sur le plan sexuel ; cependant j'essaie de voir comment raconter une histoire dans laquelle il y aurait des enfants, mais où les hommes ne s'emmerderaient pas trop dans les compromis existentiels. Il faudrait repenser le monde et son organisation, mais je rêve d'un roman avec des enfants. Si vous le voulez, nous donnerons une suite à cette leçon de narration. Max, tu resteras le même. Pat, tu auras un travail dans lequel ta dignité demeurera intacte et vous pourrez avoir des enfants et ne pas vous regarder tristement, Vanessa et toi, le soir, quand vous les mettrez au lit. Ce sera presque aussi beau que dans la vraie vie. Ce ne sera qu'un roman mais j'aimerais qu'il ressemble à la vie avec ce qu'elle a de mieux à nous offrir. C'est cela, l'idée de mettre des enfants dans le prochain roman. Je ne peux le faire sans votre consentement, c'est certain.

Les personnages ne disaient rien. Pat et Max étaient assis sur le divan, jambes croisées. Vanessa écoutait en regardant distraitement les livres de la bibliothèque. Sola contemplait la salle en silence. Sandrine semblait inquiète.

— Avec votre accord, je vais l'écrire. Je ne sais pas comment mais cela fait partie de mon travail. Oui, Pat et Vanessa, vous pourrez vous reproduire. Je ne le dis pas mécaniquement ou techniquement. J'essaierai d'aménager un espace…

— Je n'apprécie pas, l'interrompit Sola, cette histoire autour de mes fesses. N'être que cela est difficile à accepter.

— Je l'ai dit un peu à la blague, répondis-je.

— Moi, je ne trouve pas, insista-t-elle. Je les connais, les rôles que tu me fais tenir.

— Sola, je t'en prie, ce n'est pas le moment. D'ailleurs, il se fait tard, dis-je en regardant ma montre. Je ne commence pas un autre roman. Il se fait tard et, regarde, les spectateurs semblent en avoir assez. Je clos le chapitre.

À ce moment exact, le rideau tomba et la salle, qui retenait son souffle, éclata en applaudissements frénétiques. Alors que les comédiens saluaient l'assistance, un individu les hua en proférant des injures qu'il est préférable de ne pas rapporter ici. Ce qui amena la sécurité à agir promptement. Deux agents l'empoignèrent pour le conduire vers la sortie et, malgré le tonnerre d'applaudissements, nous pouvions l'entendre hurler qu'il était un ami de la ministre.

— Que cela serve d'avertissement aux personnes qui seraient tentées de dire du mal de cette comédie, dit le policier en jetant l'homme à la rue.

— Voilà.